O ESTRANGULADOR

OBRAS DO AUTOR PUBLICADAS PELA EDITORA RECORD

As areias do tempo
Um capricho dos deuses
O céu está caindo
Escrito nas estrelas
Um estranho no espelho
A herdeira
A ira dos anjos
Juízo final
Lembranças da meia-noite
Manhã, tarde & noite
Nada dura para sempre
A outra face
O outro lado da meia-noite
O plano perfeito
Quem tem medo de escuro?
O reverso da medalha
Se houver amanhã

INFANTOJUVENIS
Conte-me seus sonhos
Corrida pela herança
O ditador
Os doze mandamentos
O estrangulador
O fantasma da meia-noite
A perseguição

MEMÓRIAS
O outro lado de mim

COM TILLY BAGSHAWE
Um amanhã de vingança (sequência de
Em busca de um novo amanhã)
Anjo da escuridão
Depois da escuridão
Em busca de um novo amanhã (sequência de *Se houver amanhã*)
Sombras de um verão
A senhora do jogo (sequência de *O reverso da medalha*)
A viúva silenciosa
A fênix

Sidney Sheldon

O ESTRANGULADOR

27ª EDIÇÃO

tradução de **A.B. PINHEIRO DE LEMOS**

EDITORA RECORD
RIO DE JANEIRO • SÃO PAULO
2022

CIP-BRASIL. CATALOGAÇÃO NA PUBLICAÇÃO
SINDICATO NACIONAL DOS EDITORES DE LIVROS, RJ

S548e
27ª ed.

Sheldon, Sidney, 1917-2007
　O estrangulador / Sidney Sheldon;
tradução de Pinheiro de Lemos. – 27ª ed.
Rio de Janeiro: Record, 2022.

　　Tradução de: de: The strangler
　　ISBN 978-85-01-04131-9

　　1. Literatura infantojuvenil. I. Lemos, A. B. Pinheiro de
(Alfredo Barcelos Pinheiro de), 1938-. II. Título.

94-1396

CDD: 028.5
808.899282
CDU: 087.5
82-93

Título original norte-americano
THE STRANGLER

Copyright © 1994, 1993 by Sheldon Literary Trust
Todos os direitos reservados, inclusive o de reprodução, através
de quaisquer meios, no todo ou em parte.

Texto revisado segundo o novo Acordo Ortográfico da Língua Portuguesa

Ilustrações do miolo: Fernando Miller
Capa: Leonardo Iaccarino
Imagem de capa: Ronya Galka Photography/Getty Images

Direitos exclusivos de publicação em língua portuguesa para o Brasil
adquiridos pela
EDITORA RECORD LTDA.
Rua Argentina 171 – Rio de Janeiro, RJ – 20921-380 – Tel.: (21) 2585-2000,
que se reserva a propriedade literária desta tradução

Impresso no Brasil

ISBN 978-85-01-04131-9

Seja um leitor preferencial Record.
Cadastre-se em www.record.com.br e receba
informações sobre nossos lançamentos e
nossas promoções.

EDITORA AFILIADA

Atendimento e venda direta ao leitor:
sac@record.com.br

Capítulo 1

Um estrangulador estava à solta nas ruas de Londres. Até agora, já matara seis mulheres, e a polícia se mostrava frenética. O medo dominava a cidade.

Os jornais de Londres, como não podia deixar de ser, quase não falavam de outra coisa. As manchetes bradavam:

QUANDO O ESTRANGULADOR

ATACARÁ DE NOVO?

LONDRES DOMINADA PELO TERROR

O QUE FAZ A POLÍCIA PARA

DAR SEGURANÇA ÀS MULHERES?

A Scotland Yard recebia centenas de telefonemas, as pessoas querendo saber quais as providências da polícia para capturar o assassino. Havia ligações desesperadas.

— Há um estranho no meu quintal!

— Acho que alguém vem olhar pela janela do meu quarto à noite!

— Meu vizinho parece um assassino. Poderia ser o estrangulador.

— Devo comprar um cão de guarda?

O inspetor West, da Scotland Yard, fora encarregado do caso do estrangulador. Era o mais difícil de sua carreira. Não havia pistas. Absolutamente nenhuma!

— Inspetor, o comissário está na linha — avisou sua secretária.

O inspetor West já recebera meia dúzia de telefonemas do comissário, que era o chefe da polícia. Tentara explicar que vinha fazendo tudo o que era possível.

Levara peritos em impressões digitais para os locais dos crimes, mas o assassino não deixara nenhuma impressão. Levara cães da polícia na tentativa de encontrar a trilha do assassino, mas também fora inútil. Falara com informantes da polícia, na esperança de que alguém pudesse lhe oferecer uma indicação que levasse ao assassino, mas ninguém fora capaz de ajudar.

O assassino era um homem misterioso, que matava suas vítimas e desaparecia sem deixar qualquer vestígio. O inspetor West pegou o telefone e disse:

— Bom dia, comissário.

— O que está acontecendo, inspetor? Precisa fazer alguma coisa. Tem ideia da pressão que venho sofrendo? Os jornais estão me levando à loucura, fazendo com que pareçamos idiotas. A própria rainha me ligou esta manhã. Ouviu isso? A rainha! Quer saber o que estamos fazendo para pegar esse louco.

— Estamos fazendo tudo...

— Não é suficiente. Quero resultados. As mulheres andam com medo de sair às ruas. Ninguém sabe onde o estrangulador atacará em seguida. Não descobriu nenhuma pista?

— Gostaria de dizer que sim, mas não posso. O assassino ataca ao acaso. Mata suas vítimas e desaparece. — Houve um silêncio prolongado. — Comissário, posso lhe pedir um favor?

— Claro. Qualquer coisa que ajude a resolver o caso.

— Ouvi falar de um jovem sargento da polícia que já esclareceu muitos casos. Eu gostaria que ele fosse transferido para o meu departamento.

— Como ele se chama?

— Sargento Sekio Takagi. Pode dar um jeito?

— Considere o pedido atendido. O sargento Takagi estará em sua sala dentro de uma hora.

Exatamente uma hora depois, Sekio Takagi sentou na sala do inspetor West. Takagi era jovem, bonito e muito polido.

Seu pai era dono de uma pequena empresa de produtos eletrônicos e abrira uma sucursal na Inglaterra. Esperava que o filho dirigisse a fábrica lá. Mas o rapaz sempre se interessara pelo crime.

— Quero ajudar as pessoas.

O pai ainda argumentara, mas fora em vão. Sekio Takagi podia ser muito obstinado quando tomava uma decisão. Fora aceito na polícia e já elucidara meia dúzia de crimes.

A família sentia o maior orgulho de Sekio. A mãe, no entanto, se preocupava.

— Filho, seu trabalho não é perigoso?

— Pode ter certeza, mãe, que sou muito cuidadoso.

A verdade era que tinha mesmo um trabalho perigoso. Pela tradição da Inglaterra, os policiais nunca andavam armados. E não se esperava que os criminosos dispusessem de armas de fogo. Infelizmente, nos últimos anos, os criminosos haviam-se tornado cada vez mais violentos. Não apenas usavam revólveres, mas também armas automáticas.

Vários policiais haviam sido mortos no cumprimento do dever, e o comissário decidira que a polícia passaria a andar armada. Mas Sekio não queria alarmar a mãe e acrescentara:

— Além disso, meu trabalho não tem nada de perigoso.

Ele já fora responsável pela prisão de um ladrão de joias que se esquivara à polícia por muito tempo, um traficante de tóxicos e um assassino. Era muito respeitado pelos colegas.

Agora, sentado na sala do inspetor West, um dos homens mais importantes da Scotland Yard, o sargento Takagi sentia-se um pouco nervoso. Tinha o maior respeito pelo homem sentado à sua frente.

— Já sabe do caso do estrangulador, não é mesmo?

— Sei, sim, senhor.

Todos em Londres sabiam sobre o estrangulador.

— Precisamos de sua ajuda.

— O que eu puder fazer.

— Tem uma ficha excelente.

— Obrigado.

— Nosso problema é a ausência de pistas. — O inspetor West levantou-se, começou a andar de um lado para o outro. — Você deve saber alguma coisa sobre os assassinos em série. Isto é, os assassinos que continuam a matar uma pessoa depois da outra.

— Sei um pouco, senhor.

— Neste caso, sabe que, de modo geral, eles seguem um padrão. Por exemplo, um assassino em série só mata prostitutas, ou apenas estudantes, ou mulheres de uma mesma idade. Segue sempre o padrão.

— Certo, senhor.

— Nosso problema é que, neste caso, não há nenhum padrão. Algumas mulheres que ele matou eram velhas, outras jovens, havia casadas, solteiras. Uma era professora de piano, outra dona de casa, uma terceira era modelo. Percebe agora o que estou querendo dizer? Não há nenhum padrão. Ele simplesmente ataca ao acaso.

Sekio Takagi franziu o rosto.

— Desculpe, inspetor, mas isso não parece certo.

— Como assim?

— Há *sempre* um padrão. Apenas temos de descobri-lo.

O inspetor West fitou-o com alguma surpresa.

— Acha que pode descobri-lo?

— Não sei, senhor. Mas gostaria de tentar.

— Está bem. Minha secretária lhe entregará uma lista das vítimas. Pode começar a investigação imediatamente.

O sargento Sekio Takagi levantou-se.

— Agradeço a oportunidade, senhor.

— Há duas coisas que deve saber.

— Quais, senhor?

— Todas as vítimas têm uma marca nas costas.

— Que tipo de marca?

— Não sabemos exatamente o que é. Parece uma equimose. Como se algo as tivesse espetado nas costas.

— Poderiam ter sido espetadas com alguma agulha?

— Não. A pele não foi rompida. E há mais uma coisa.

— O que é, senhor?

— O estrangulador só mata quando está chovendo.

A vários quilômetros dali, na Sloane Square, um homem aproximou-se de uma banca de jornal. Leu a última manchete:

VERIFIQUEM O BOLETIM METEOROLÓGICO.

O ESTRANGULADOR SÓ MATA NA CHUVA

O homem sorriu. Era verdade. Gostava de estrangular suas vítimas e virar seu rosto para cima, a fim de que a chuva de Deus lavasse seus pecados.

Todas as mulheres eram pecadoras. Deus queria que fossem mortas. Ele realizava o trabalho de Deus, livrando o mundo do mal. Não podia entender por que a polícia o procurava... por que queriam puni-lo. Deveriam recompensá-lo por livrar o mundo daquelas mulheres diabólicas.

O nome do assassino era Alan Simpson. Quando era pequeno, sempre ficava sozinho. O pai trabalhava duro numa fábrica de sabão, nos arredores de Londres, e passava o dia inteiro fora de casa. A mãe deveria ficar em casa, cuidando dele, mas sempre que voltava da escola Alan encontrava o apartamento vazio. A mãe saíra para algum lugar. Se Alan sentia fome, tinha de preparar algo para comer.

A mãe era jovem e bonita, e Alan a adorava. Mas queria que ela lhe dispensasse alguma atenção.

— Estará em casa quando eu voltar da escola, mamãe?

— Claro, querido.

E ele acreditava. Só que nunca encontrava a mãe ao voltar.

— Você disse que ficaria em casa.

— Eu sei, querido, mas surgiu uma coisa importante para fazer. — Sempre havia uma coisa importante. — Esta noite vou fazer sua comida predileta, querido.

E ele aguardava ansioso. Mas a mãe nunca cumpria a promessa. Saía de manhã bem cedo e voltava tarde demais para preparar o jantar. Assim, Alan e o pai tinham de abrir latas de alimentos para comer. Quando ficou um pouco mais velho, Alan passou a fazer o jantar.

Especulava o que mantinha a mãe tão ocupada durante o dia inteiro. Ela não tinha emprego, e Alan não podia imaginar por que se ausentava durante tanto tempo. Quando tinha doze anos sua curiosidade aumentara e decidira descobrir.

Um dia, quando deveria ir à escola, escondeu-se num beco em frente ao prédio e esperou. Pouco depois, a mãe saiu, vestida em suas melhores roupas. Começou a andar pela rua, como se estivesse com pressa, e Alan seguiu-a, mantendo-se a uma distância segura, para não ser visto. Começou a chover.

A mãe percorreu dois quarteirões, virou à esquerda, seguiu por mais três quarteirões. Alan viu-a entrar num prédio de apartamentos. *Aonde será que ela vai?*, especulou o menino. Não podia imaginar quem a mãe ia visitar ali. Conhecia todos os amigos da família, e nenhum morava naquele prédio. Ele ficou parado na calçada, observando.

Havia uma janela aberta no terceiro andar. Alan avistou um homem de pé ali, e de repente sua mãe também apareceu. Incrédulo, ele viu a mãe ir para os braços do homem e se beijarem.

— Mamãe! — Alan sentiu uma raiva intensa. Então era isso o que a mãe fazia durante todo o tempo! Em vez de cuidar dele, vinha enganar o pai com outro homem. Era infiel, não só ao marido mas também ao filho. Era uma prostituta.

Fora nesse momento que Alan Simpson concluíra que todas as mulheres eram prostitutas, que tinham de ser punidas, deviam ser mortas.

Ele nunca deixara que a mãe soubesse que descobrira seu segredo, mas daquele dia em diante Alan passara a odiá-la. Esperara até ter idade suficiente para sair de casa e depois começara a viajar de um lado para outro, trabalhando nos mais diversos empregos. Como abandonara os estudos, não tinha muita instrução, e assim era incapaz de obter um bom emprego. Trabalhara como carregador de malas num hotel, empacotador numa loja de departamentos e vendedor numa sapataria.

Era um rapaz bonito e bem-educado, e por isso se saía bem nos empregos. Ninguém desconfiava que no seu íntimo ardia um ódio incontrolável pelas mulheres.

Fora na ocasião em que trabalhava como balconista numa mercearia que Alan Simpson tivera sua ideia brilhante. Ocorrera-lhe ao observar as freguesas fazendo compras para o jantar. Ele pensara: *Elas vão preparar o jantar para seus maridos e companheiros e fingir que são boas esposas e namoradas, mas passaram o dia inteiro enganando-os. É por isso que devem ser mortas.* O que impedia Alan de fazer qualquer coisa era o fato de não querer ser preso.

Enquanto pensava a respeito, ele olhava para a rua e constatou que começara a chover. Muitas mulheres saíam com os pacotes, mas não tinham guarda-chuva, e fora assim que Alan Simpson tivera sua inspiração.

Sabia como mataria as mulheres sem ser apanhado.

Capítulo 2

O sargento Sekio Takagi sabia — simplesmente sabia! — que tinha de haver algum padrão no método do estrangulador. Como ele selecionava suas vítimas? Como se aproximava o suficiente para matá-las, sem que gritassem por socorro? Ele decidiu começar pelo princípio.

A primeira vítima fora uma dona de casa. Sekio foi até sua casa. O marido abriu a porta. Parecia que não dormia fazia dias.

— O que deseja?

Sekio mostrou sua identificação.

— Sou o sargento Sekio Takagi, da Polícia Metropolitana. Podemos conversar por alguns minutos?

— É sobre o assassinato de minha esposa, não é? Entre. — Ele levou Sekio para a sala de estar. — Não sei por que alguém poderia querer matá-la. Era uma mulher maravilhosa. Não tinha inimigos.

— Devia ter pelo menos um inimigo.

— Só pode ter sido um maníaco.

— É uma possibilidade — admitiu Sekio. — Mas temos de investigar todos os aspectos. Ela brigou com alguém nas últimas semanas?

— Não.

— Recebeu telefonemas ou cartas estranhos?

— Não.

— Até onde sabe, ninguém a havia ameaçado?

— Não creio... todos a adoravam.

— Você e sua esposa se davam bem com os vizinhos?

— Claro. Éramos amigos de todos.

O homem se tornava visivelmente mais transtornado a cada pergunta. Sekio decidiu não pressioná-lo. Não havia mais informações que pudesse obter ali. Talvez o homem estivesse certo. Devia ter sido mesmo um maníaco.

Sekio foi à casa da vítima seguinte. Era uma professora que morava com os pais, os quais não puderam esclarecer coisa alguma.

— Todos a amavam — disseram a Sekio. — Por que alguém a mataria?

Era o que Sekio tencionava descobrir.

— Sua filha não tinha inimigos?

— Não.

Sekio resolveu visitar a escola onde a mulher dava aulas. Falou com a diretora.

— Estou investigando o assassinato da Srta. Templeton.

— Foi uma coisa horrível.

— Tem alguma ideia de quem poderia querer matá-la?

A diretora hesitou.

— Não.

Sekio percebeu a hesitação.

— Ia dizer alguma coisa.

A diretora ficou embaraçada.

— Eu não deveria falar...

— Qualquer coisa que souber pode ser útil.

— Na verdade a Srta. Templeton vinha tendo problemas com o namorado. Queria romper o relacionamento, e ele... ele se mostrou difícil.

— Ao falar em difícil, o que exatamente está querendo dizer?

— Ele a agrediu.

— Era um homem violento?

— Era, sim. Tinha um temperamento agressivo.

— Muito obrigado pelas informações.

Sekio tornou a procurar os pais da Srta. Templeton.

— Falem-me sobre o namorado de sua filha.

— Ralph Andrews. Não era mais seu namorado. Ela o largou.

— Ao que me disseram, ele ainda se considerava o namorado.

— É possível.

— Tenho de lhe perguntar uma coisa, Sra. Templeton. Acha que Ralph Andrews é capaz de matar alguém?

Houve uma pausa prolongada antes da resposta:

— É, sim.

Ralph Andrews era mecânico. Sekio encontrou-o trabalhando numa oficina na Mount Street. Andrews era alto, ombros largos, braços musculosos.

— Sr. Andrews?

— O que você quer?

Sekio Takagi identificou-se.

— Quero conversar sobre o assassinato da Srta. Templeton.

— Ela merecia morrer. Prometeu casar comigo e depois mudou de ideia.

— Foi por isso que a matou?

— Quem disse que a matei?

— Não foi você?

— Não. Deve ter sido outro namorado que ela chutou.

— A Srta. Templeton tinha outros namorados?

— Provavelmente. Você é o detetive. Por que não descobre?

Sekio não gostou da atitude do homem. Tinha a impressão de que ele era bem capaz de matar alguém.

— Sr. Andrews, onde estava há cinco noites, quando a Srta. Templeton foi assassinada?

— Participei de um jogo de cartas naquela noite. Tínhamos um encontro marcado, mas ela cancelou e fui jogar cartas com a turma.

— Quantas pessoas jogaram?

— Eu e mais cinco.

— Pode me dar seus nomes, por favor?

— Claro.

Sekio Takagi anotou as informações, mas tinha o pressentimento de que seria perda de tempo. Andrews jamais conseguiria recrutar cinco testemunhas para mentirem por ele. O homem devia estar dizendo a verdade.

E Sekio tinha razão. Os outros confirmaram que se encontravam na companhia de Andrews naquela noite. Portanto, ele nada tinha a ver com o assassinato.

Sekio voltara ao ponto de partida. Verificou se as outras vítimas se conheciam, mas o resultado foi negativo. Verificou se frequentavam o mesmo salão de beleza ou tinham o mesmo médico. Tudo deu em nada. Parecia não haver nenhuma ligação entre as mulheres.

Quando retornou a seu escritório, o sargento Sekio Takagi encontrou um grupo de repórteres à espera.

— Soubemos que foi designado para investigar o caso — disse um deles, um tipo antipático, chamado Billy Cash.

— O que está fazendo para descobrir o estrangulador?

— Há muitas pessoas trabalhando no caso e temos feito o possível para encontrá-lo — respondeu Sekio.

— Não é muito jovem para cuidar de um caso tão importante?

— A idade nada tem a ver com a competência — disse Sekio, incisivo.

Ele não gostava de falar com repórteres. O caso vinha tendo muita divulgação. Sekio entrou em sua sala e chamou o detetive Blake.

— Daqui por diante, você trata com a imprensa — disse ele. — Não quero falar com os repórteres.

— Certo. Eles podem ser muito impertinentes.

— Não me importo com isso. Apenas não
quero que deixem todas as mulheres da cidade
alarmadas. A situação já é bastante ruim sem
isso. — Ele bateu com o punho na mesa. — Quero descobrir esse louco!

— Para um louco, ele é bastante esperto —
comentou o detetive Blake. — Não temos a menor ideia de quem é, onde mora ou por que matou aquelas mulheres.

— Quando soubermos por que ele só mata
quando chove, então descobriremos muito mais
a seu respeito — garantiu Sekio.

Era difícil para Sekio Takagi compreender
como alguém podia matar, e ainda mais difícil
entender como alguém era capaz de matar mulheres inocentes.

Sekio vinha de uma família feliz. Tinha três
irmãs, pai e mãe amorosos. A família fora primeiro para os Estados Unidos e depois se mudara
para a Inglaterra.

Sekio lera sobre a Inglaterra, a fim de conhecer alguma coisa sobre o país onde ia viver. Os
britânicos e americanos eram muito diferentes
uns dos outros.

No século XVIII, a América pertencia à Inglaterra, que na ocasião dominava grande parte do mundo. Suas colônias incluíam a Austrália, Índia e América.

A América era povoada por pessoas que haviam fugido de seus países em busca de liberdade religiosa. Os americanos eram muito independentes.

O rei Jorge, da Inglaterra, tinha muito pouco respeito pelos americanos. Como enfrentava um problema de escassez de dinheiro, o rei resolvera aplicar uma taxa sobre o chá. Assim, quando os americanos recebessem chá da Inglaterra, teriam de pagar mais caro.

Ao tomarem conhecimento do novo imposto, os americanos ficaram furiosos. Um carregamento de chá chegou ao porto de Boston. Em vez de pagarem a taxa, os americanos jogaram todo o chá no mar. Foi o início da Revolução Americana.

O rei Jorge teve um acesso de raiva ao ser informado. Mandou suas tropas para a América, a fim de dar uma lição nos colonos. Mas os americanos, embora tivessem armas inferiores, derrotaram os soldados britânicos e declararam sua independência da Inglaterra. Foi dessa maneira que a Inglaterra perdeu uma de suas mais ricas colônias. E tudo por causa de uma taxa sobre o chá!

Sekio achava essa história fascinante. Notou que havia muitas diferenças entre britânicos e americanos. Os americanos pareciam mais acessíveis e cordiais. Até se conhecê-los bem, os britânicos eram fechados e retraídos.

Até mesmo a língua era diferente, Sekio logo constatou. O que na América se chamava de *elevator*, um elevador, na Inglaterra era *lift*. O capô de um carro era *hood* nos Estados Unidos, e *bonnet* na Inglaterra. Nos Estados Unidos, batatas fritas eram *potato chips*, enquanto que na Inglaterra eram *crisps*. Um caminhão de entrega era *delivery truck* nos Estados Unidos e *van* na Inglaterra. Eram muitas as diferenças.

Sekio gostara muito dos Estados Unidos, e também gostava da Inglaterra. Mas não apreciava o tempo na Inglaterra. Nos Estados Unidos, havia verões quentes, com o sol brilhando nos meses de junho, julho e agosto. Na Inglaterra, fazia frio durante o verão, e ainda por cima chovia bastante.

E ao pensar em *chuva*, ele se lembrou do estrangulador. *Será que o homem alguma vez amara alguém? Fora espancado quando menino? Odiava a mãe? Alguma mulher deve ter feito algo terrível com ele, e por isso se vinga agora em todas as outras.*

Ele recostou-se na cadeira, pensou no assassino. Ninguém jamais vira seu rosto, não havia qualquer descrição. Ele seguia suas vítimas, matava-as e parecia desaparecer em pleno ar. Não deixava pistas nos locais de seus crimes. Absolutamente nenhuma! *Não é de admirar que os jornais estejam protestando*, pensou Sekio. Até agora, o assassino fora muito esperto.

Havia um mapa da cidade numa parede da sala designada para Sekio. Alfinetes haviam sido espetados nos locais dos crimes.

— Dê uma olhada — disse Sekio. — Nota alguma coisa?

Seu assistente, o detetive Blake, franziu o rosto.

— Os alfinetes formam um círculo em torno de Whitechapel.

Whitechapel era um bairro pobre de Londres, com casas e prédios velhos em ruínas.

Talvez o assassino more por ali. Talvez conhecesse suas vítimas. Sekio Takagi decidiu visitar

Whitechapel, na esperança de encontrar alguma pista do assassino.

Ele circulou pelas ruas num carro da polícia sem identificação, tentando adquirir uma impressão do lugar. Era ali que o assassino residia ou apenas ia a Whitechapel para escolher suas vítimas ao acaso?

Sekio Takagi e o detetive Blake passaram bastante tempo percorrendo as ruas, passando por lojas de móveis, floristas, mercearias, uma loja de ferragens.

— O que estamos procurando? — perguntou o detetive Blake.

Era justamente esse o problema.

— Não sei.

Sekio esperava que a visita ao bairro onde as vítimas haviam morrido lhe proporcionasse alguma inspiração.

Mas não viu nada suspeito. Não havia nenhuma pista do assassino.

Como podia encontrar um homem sem rosto, anônimo, numa cidade de milhões de habitantes?

Precisaremos de muita sorte!, pensou o sargento Takagi. *Talvez ele se torne descuidado, cometa algum erro.* Mas a verdade era que, até aquele momento, o estrangulador fora esquivo demais para ser apanhado.

— Talvez ele já tenha matado o bastante — sugeriu o detetive Blake. — Talvez tenha ido embora e os assassinatos acabaram.

Começou a chover.

O assassino estava prestes a atacar de novo.

Capítulo 3

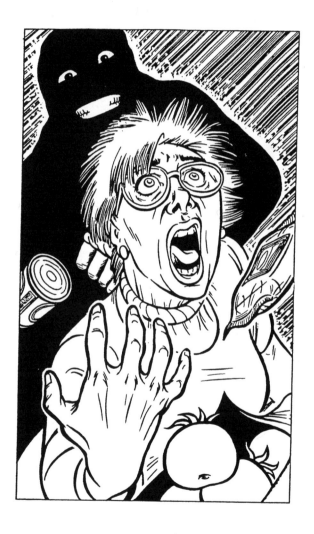

Alan Simpson viu a chuva miúda caindo, e seu coração se encheu de alegria. Deus lhe dizia que era o momento de livrar o mundo de mais uma mulher diabólica. A animação começou a dominá-lo.

Caminhou pela chuva, apressado, na direção do lugar onde sempre encontrava suas vítimas. Os jornais diziam que não havia qualquer ligação entre elas. Mas é claro que havia. Apenas a polícia era estúpida demais para perceber. Nunca descobriria qual era.

O supermercado Mayfair ficava no coração de Whitechapel. Era o lugar onde encontrara todas as suas vítimas. Alan Simpson entrou no supermercado.

Percorreu os corredores devagar, observando as mulheres que enchiam os cestos de compras. Eram prostitutas, todas elas. Fingindo ser esposas fiéis... comprando o jantar para maridos ou companheiros que de nada desconfiavam. Mas ele não se deixava enganar. Sabia o que elas eram. E uma delas morreria naquela noite.

Observou-as para decidir qual seria. Havia uma mulher idosa, de cabelos grisalhos, escolhendo legumes. Havia uma jovem no balcão de carne, comprando bifes... e depois ele avistou o que procurava.

Era uma mulher na casa dos trinta anos, de estatura mediana, de óculos. Usava saia e blusa bem justas. *Será você*, pensou Alan Simpson. *Dentro de poucos minutos, estará morta.*

Ela se chamava Nancy Collins. Era enfermeira e trabalhava num hospital a poucos quarteirões de sua casa. Nancy costumava trabalhar no turno da noite, mas aquele era seu dia de folga, e tinha um encontro marcado com o noivo.

O homem com quem ia casar era caixeiro-viajante, e não podiam se ver com a frequência que gostariam. Nancy aguardava ansiosa pela companhia do noivo naquela noite.

Faria um bom jantar para ele. Todos os seus pratos prediletos. Bolo de carne, purê de batata, uma salada. Ela comprara também um bolo de chocolate. Seria com certeza uma noite maravilhosa. Depois do jantar, em seu apartamento, ficariam ouvindo música.

Ao terminar as compras, ela saiu com os braços cheios e descobriu que estava chovendo. *Mas que droga!*, pensou. *Espero que a chuva não estrague nada.* Não trouxera uma capa, e seu apartamento ficava a quatro quarteirões do supermercado.

Não havia como evitar, teria de ir andando. Ao começar a descer a rua, um rapaz de boa aparência apareceu ao seu lado. Carregava um guarda-chuva. Sorriu para ela e disse, muito amável:

— Boa noite. Parece que vai se molhar. Por que não me deixa ajudá-la? — Ele ergueu o guarda-chuva e manteve-o sobre a cabeça de Nancy.

— É muita gentileza sua — disse ela, pensando que aquilo provava que alguns homens ainda eram cavalheiros.

— Tem de percorrer uma distância muito grande?

— Quatro quarteirões.

— Não estou com pressa. Posso acompanhá-la até sua casa.

Nancy ficou comovida com a oferta generosa. A chuva aumentara.

— Eu ficaria muito agradecida.

— Seria uma pena molhar sua linda roupa.

Ele é mesmo encantador, refletiu ela.

— Meu nome é Nancy Collins.

— Alan Simpson.

Não havia mal nenhum em revelar seu nome, pois a mulher não viveria por tempo suficiente para dizê-lo a alguém.

Continuaram pelo quarteirão. As ruas estavam quase vazias agora por causa da chuva.

— Mora por aqui? — perguntou Nancy.

— Não muito longe.

Chegaram a uma esquina.

— É por aqui — disse Nancy.

A rua se encontrava completamente deserta. Tudo parecia inocente. Nada indicava que um macabro assassinato estava prestes a ocorrer.

— Gostaria que eu carregasse suas compras? — indagou o homem.

— Obrigada, mas posso aguentar. Estou acostumada.

— O que você faz?

— Sou enfermeira.

— Então deve trabalhar no hospital aqui perto.

— Isso mesmo. E o que você faz?

O homem sorriu.

— Sou agente funerário.

Nancy virou o rosto para fitá-lo.

— Agente funerário?

— É, sim. Estamos em profissões similares, não é mesmo? Ambos lidamos com a morte.

Havia algo estranho na maneira como ele falou. Nancy começou a experimentar um ligeiro sentimento de medo. Cometera um erro ao aceitar a ajuda daquele estranho? Ele parecia bastante inofensivo, mas... Ela passou a andar um pouco mais depressa. O homem acelerou os passos para acompanhá-la, o guarda-chuva erguido sobre a cabeça de Nancy.

Ela planejara convidá-lo para uma xícara de chá, como agradecimento por sua ajuda. Mas agora concluiu que não seria uma boa ideia. Afinal, era um estranho. Nada sabia a seu respeito.

Percorreram dois quarteirões. Só faltavam mais dois para o apartamento de Nancy.

— Estas ruas são muito escuras — comentou o estranho.

E tinha razão. Os meninos gostavam de jogar pedras nos lampiões, por diversão. Nancy já reclamara muitas vezes, mas a prefeitura não tomava qualquer providência.

A chuva era cada vez mais forte, tangida pelo vento.

Mais um ou dois minutos, e estarei em casa, pensou Nancy.

O estranho parecia ter algum problema com o guarda-chuva. Parou e ficou atrás de Nancy por um momento. Subitamente, ela sentiu uma pontada firme nas costas. Doeu tanto que soltou um grito e largou as compras. O homem a golpeara com a ponta fina do guarda-chuva.

— Mas o quê...?

O homem tirara um pedaço de corda do bolso e a passara em torno de seu pescoço.

— Pare com isso! — berrou Nancy.

Mas não havia ninguém para ouvi-la. A corda apertava-lhe o pescoço cada vez mais, e ela começou a sufocar. Tentou lutar, mas o estrangulador era muito forte.

Sorria para Nancy agora, enquanto apertava cada vez mais a corda. Ela sentiu que começava a perder os sentidos. Ele observou a luz se extinguir nos olhos dela e deixou o corpo cair na calçada.

Virou o rosto da mulher para cima, a fim de que a chuva lavasse seus pecados.

Tornou a guardar a corda no bolso. E foi então que o estrangulador fez uma coisa estranha. Pegou a bolsa com as compras, recolheu o que se esparramara pelo chão e se afastou pela noite.

Mantinha o guarda-chuva levantado, a fim de não se molhar. Dez minutos depois estava em seu apartamento e largou as compras no balcão da cozinha.

Planejara tudo com o maior cuidado. Depois de cada assassinato, sempre levava as compras da vítima, para que a polícia não descobrisse de onde as mulheres haviam saído. Não podia haver a menor dúvida a respeito... era muito mais esperto do que a polícia!

Começou a tirar as compras da bolsa. Achava divertido ver o que as vítimas haviam planejado para o jantar. Desta vez seria um bolo de carne, batatas, uma salada, e um bolo de chocolate. Adorava bolo de chocolate.

E Alan Simpson começou a preparar seu jantar.

O corpo de Nancy Collins foi encontrado por um homem que deixara o escritório mais tarde e voltava apressado para casa. Ao constatar que estava morta, procurara imediatamente um telefone. Sentia-se tão nervoso que mal conseguia falar.

— É da polícia? Eu... quero comunicar um crime. Ou pelo menos acho que é um crime. A mulher está morta.

— Que mulher?

— Encontrei o corpo caído na calçada. Venham depressa!

— Acalme-se, por favor, e me dê o endereço.

O sargento Sekio Takagi chegou ao local, num carro da polícia, quinze minutos depois. Mandou que os guardas isolassem a área. Olhou ao redor com o máximo de atenção, à procura de pistas. Não encontrou nenhuma. Dava para perceber as marcas de uma corda no pescoço da mulher.

— Ela foi estrangulada — disse ele —, mas a corda desapareceu.

O rabecão chegou para levar o cadáver. Parecia não haver mais nada que Sekio pudesse fazer no local do crime. Deu uma última olhada ao redor... e avistou um tomate na rua. Sekio pegou-o, contemplou-o em silêncio por um longo momento, como se pudesse lhe revelar alguma coisa.

— Isso é uma pista? — perguntou o detetive Blake.

Sekio não tinha certeza. O tomate pertencia à mulher assassinada ou outra pessoa o deixara cair na rua? E o que a vítima estaria fazendo com um único tomate? Alguém sairia na chuva para comprar apenas um tomate? Não fazia o menor sentido.

Enquanto pensava a respeito, Sekio ouviu a chegada de carros e levantou os olhos. Havia repórteres de jornais ali e também equipes de TV, com microfones e câmeras. *Como souberam do assassinato tão depressa?*

Os repórteres começaram a gritar perguntas para Sekio.

— É outro crime do estrangulador?

— Já sabe o nome da vítima?

— Tem alguma pista desta vez?

— Não quer admitir que o estrangulador é esperto demais para você?

A última indagação foi feita pelo repórter chamado Billy Cash, que trabalhava para um jornal sensacionalista, *The London Chronicle*. Billy Cash vivia escrevendo artigos sobre a mediocridade da polícia. Era baixo e feio, vestia um velho terno cinza. O sargento Sekio Takagi fez um esforço para manter o controle.

— A população pode ter certeza de que estamos envidando todos os esforços para pegar o assassino.

— Isso significa que não há pistas! — berrou Billy Cash.

Sekio não disse nada sobre o tomate. Afinal, quem podia saber se se tratava ou não de uma pista? Uma câmera de televisão focalizou Sekio.

— Sargento, o que a polícia está fazendo para proteger as mulheres desta cidade de novos assassinatos?

Era uma pergunta difícil. Ele não podia falar demais, nem muito pouco. Se prometesse que as mulheres estariam seguras e ocorresse outro estrangulamento, ia parecer um idiota. Se admitisse que as mulheres de Londres não estavam seguras, criaria uma onda de pânico.

— Não estou autorizado a revelar o que estamos fazendo — declarou ele —, porque isso poderia ser útil para o assassino.

— Está nos dizendo que esperam capturá-lo em breve?

A pergunta era de Billy Cash, mais uma vez.

— Tirem suas próprias conclusões, senhoras e senhores.

E o sargento Sekio Takagi voltou para seu carro e foi embora acompanhado pelo detetive Blake.

Sekio Takagi sentia-se desolado com os rumos dos acontecimentos. Tinha pena da pobre mulher que acabara de ser assassinada e queria muito descobrir o responsável pelo crime. Queria deter o louco que vagueava pelas ruas matando mulheres ao acaso.

Como ele seleciona suas vítimas?, especulou Sekio. *Onde as encontra? Como se aproxima o suficiente para matá-las sem que desatem a gritar ou saiam correndo? Era muito estranho. Será que o assassino usa algum uniforme, a fim de não parecer suspeito? Ou vive nas proximidades e conhece as vítimas?* Ele não tinha respostas.

— O relatório da autópsia já ficou pronto?

Sekio esperava impaciente pelo relatório.

— Aqui está, sargento. Mas não há nenhuma novidade. É igual aos outros.

O homem tinha razão.

O relatório era exatamente igual aos outros que Sekio já lera. A última vítima morrera por estrangulamento. Havia marcas vermelhas no pescoço da corda que a sufocara. Havia também um detalhe peculiar, o mesmo que constara de todos os outros relatórios: uma pequena equimose nas costas. A pele não fora rompida, o que indicava que a vítima fora cutucada por cima das roupas. Mas, qualquer que fosse o objeto, não era bastante forte para matar a vítima.

— É desconcertante — comentou Sekio. — Por que todas as vítimas teriam a mesma marca nas costas? E o que produziu essa marca?

Ele não sabia a resposta. Outra coisa que o preocupava era o fato de os assassinatos sempre ocorrerem quando chovia. Já ouvira falar de loucos atacando durante a lua cheia. Supunha-se que a lua exercia algum efeito sobre seus sentidos. Mas por que um homem só mataria quando chovia? Seria porque a chuva o deprimia? Ou haveria algum outro motivo?

O sargento Sekio Takagi teve dificuldade para dormir naquela noite.

Quando acordou, na manhã seguinte, sua primeira providência foi abrir o jornal na página da previsão do tempo. Sentiu um aperto no coração ao ler:

TEMPO NUBLADO HOJE, POSSIBILIDADE
DE CHUVAS AO FINAL DA TARDE

O assassino atacaria de novo pouco depois de seu último crime?

Capítulo 4

Ela não tinha a menor ideia de que seria a próxima vítima do estrangulador. Chamava-se Akiko Kanomori. Tinha vinte e quatro anos e era muito bonita. Fazia esculturas e sabia que um dia se tornaria famosa.

Seu trabalho recebera elogios de críticos de arte, e tinha uma exposição numa galeria local.

— É muito talentosa — dissera-lhe o dono da galeria. — Algum dia se tornará uma escultora importante.

Akiko corara.

— Obrigada.

O trabalho representava tudo para ela. Queria muito casar e ter filhos, mas ainda não encontrara alguém que amasse muito. Recebera vários pedidos de casamento, mas os recusara.

— O que está esperando? — indagava o pai.

— O homem certo — respondia Akiko.

A mãe também a pressionava.

— Já teve muitos pedidos de casamento, Akiko. Poderia ter casado com um banqueiro, ou um médico, ou...

— Mamãe, não estou apaixonada por nenhum deles.

De certa forma, era verdade. Akiko amava criar lindas estátuas. Era quase como criar vida.

— Deveria ter um homem de carne e osso — insistia o pai.

Os pais tanto a pressionavam com isso que Akiko acabara chegando à conclusão de que seria melhor morar sozinha. Encontrara um pequeno apartamento em Whitechapel e se mudara para lá.

Era perfeito, pois, além de um quarto e uma sala pequena, havia um enorme cômodo que ela podia usar como ateliê para fazer as estátuas. Seu trabalho era tão popular que ela vivia muito ocupada.

— Posso vender todas as estátuas que você fizer — dissera-lhe o *marchand*. — Não pode trabalhar mais depressa?

— Não — respondera Akiko. — Se me apressar, as estátuas não ficarão boas. Tenho de fazer o melhor possível.

— Tem toda a razão. Antes que eu me esqueça, um dos meus melhores clientes quer que você faça uma estátua para o jardim dele. Uma estátua da deusa Vênus. Pode fazê-la?

— Claro. Começarei de imediato.

Akiko começara a trabalhar na estátua, mas se sentia inquieta. Seria uma premonição? Um sentimento de que algo terrível estava prestes a lhe acontecer?

Independentemente do que fosse, ela não conseguia trabalhar. *Preciso sair, dar uma volta*, pensou Akiko. Olhou pela janela. Havia nuvens no céu, mas nenhuma ameaça de chuva.

Vou dar um passeio pela cidade, decidiu Akiko. Saiu do prédio. Na rua, encontrou uma vizinha, a Sra. Goodman.

— Bom dia — disse a Sra. Goodman. — O que faz na rua a esta hora? Afinal, costuma trabalhar o dia inteiro.

— É verdade, mas me sinto um pouco inquieta hoje.

— Para onde vai?

Era uma boa pergunta. Havia muitos lugares para se visitar em Londres. Ao chegar à cidade, Akiko passara semanas explorando-a. Experimentara diversos restaurantes em companhia de amigos.

— Gosta de comida italiana?

— Adoro — respondia Akiko.

— Então vamos ao Cecconi's.

A comida era maravilhosa.

— Gosta de comida indiana? Vamos à Bombay Brasserie.

A comida era picante, mas deliciosa. Ela jantara também no Le Gavroche e no Wheeler's.

Mas é claro que havia mais do que comer para se fazer em Londres. Akiko fora ao Palácio de Buckingham e assistira à imponente mudança de guarda.

Fora à Catedral de St. Paul, tão grande que se levava mais de uma hora para percorrê-la.

Visitara a Torre de Londres e a Abadia de Westminster.

Havia muita coisa instrutiva para se ver em Londres.

— Já esteve alguma vez no Museu Britânico?

— Não.

— Pois então a levarei até lá na minha hora de almoço — dissera uma amiga de Akiko.

— Tenho certeza de que vou gostar.

Ao entrar no museu, Akiko compreendera que tentar ver tudo ali em uma hora era impossível. Precisava-se de uma semana, um mês, talvez até dois meses!

Estava repleto de coisas maravilhosas do

passado e parecia conter toda a história de Londres.

Akiko também se interessava por arte, como não podia deixar de ser.

— Quero conhecer a Galeria Tate e o Museu Victoria e Albert. Os britânicos chamavam-no de V & A.

Havia uma incrível loja de departamentos chamada Harrod's. Quando tentara descrever para alguém mais tarde, indagada sobre seu tamanho, Akiko dissera:

— Parece não ter fim.

A loja vendia quase tudo que se podia imaginar, roupas e móveis, discos e livros, legumes e flores, pianos e bombons. Era uma autêntica cornucópia de delícias.

Os campos ingleses eram espetaculares. O verde mais intenso que Akiko já vira. Num fim de semana, Akiko ouvira falar de uma aldeia pequena e sensacional chamada Bath.

— Por que não vamos passar um ou dois dias lá?

E assim foram para Bath, hospedaram-se no Royal Crescent Hotel. Ficaram num quarto com sauna particular.

Akiko também visitara o Castelo de Windsor, uma das residências da família real. A Inglaterra era sem dúvida um país de maravilhas!

Naquele dia em particular, quando se sentia tão inquieta, Akiko decidira que visitaria de novo a Torre de Londres, onde ficavam guardadas as joias da Coroa. Assim, quando a vizinha, a Sra. Goodman, perguntou-lhe aonde ia, Akiko respondeu:

— Vou visitar a Torre de Londres.

— Isso é ótimo. Você trabalha demais. Uma moça bonita como você deveria ter um namorado ou um marido.

A Sra. Goodman falava como os pais de Akiko.

— Não tenho pressa em me casar, Sra. Goodman.

Akiko pegou um ônibus para o centro da cidade, e meia hora depois saltou na frente da enorme torre. Havia vários turistas esperando para entrar, e ela foi para a fila. Um pouco à frente havia um rapaz magro e bonito, com um guarda-chuva, mas Akiko não prestou atenção.

Alan Simpson não percebeu a linda moça japonesa um pouco atrás na fila. Pensava na Torre de Londres.

Visitava-a com frequência e sempre o excitava. Era o lugar onde, por centenas de anos, os reis mantinham suas esposas e amantes trancafiadas e muitas vezes mandavam decapitá-las. Gostava de pensar na cabeça das mulheres caindo do pescoço e rolando pelo chão. *As prostitutas bem que mereciam. E os reis nunca eram punidos pelo que faziam*, pensou Alan Simpson. *Estavam aplicando a justiça, da mesma maneira que eu.*

Ele correu os olhos pela multidão de turistas e pensou: *Se soubessem quem eu sou, desatariam a gritar e fugiriam. Sou mais poderoso que qualquer um deles. Sou tão poderoso quanto os antigos reis.*

A multidão começou a se deslocar pelos

cômodos da antiga torre e em cada um Alan Simpson experimentava uma intensa emoção. *Eu deveria ter vivido naquele tempo*, pensava ele. *Seria um rei*. Uma mulher esbarrou nele e murmurou:

— Desculpe.

Alan Simpson sorriu.

— Não foi nada.

Aquelas mulheres não corriam perigo. Ele só atacava depois que escurecia, e na chuva, quando era mais seguro. Alan Simpson pensou, feliz: *Esta noite. A previsão do tempo foi de chuva esta noite*.

Akiko tomou um chá numa pequena loja perto do Museu Britânico. Adorava o chá inglês. Era servido com pequenos sanduíches, biscoitos com geleia e bolinhos. Era sem dúvida um banquete. Teve o cuidado de não comer demais, pois tudo aquilo engordava, e ela se orgulhava de seu corpo esguio.

Sentiu-se melhor depois de comer. *Tenho de voltar ao trabalho*, pensou Akiko. *Preciso acabar a estátua que estou fazendo*. O dono da galeria faria mais uma exposição de obras suas dentro de duas semanas, e Akiko queria aprontar tudo a tempo. A conta do chá chegou a três libras. Londres era uma cidade de vida cara. Akiko pagou, pegou o ônibus e voltou para casa.

Akiko trabalhou na nova estátua até começar a escurecer. Estava ficando ótima. *Devo concluí-la amanhã*, pensou ela. Guardou os equipamentos e lavou as mãos.

Nada tinha para fazer agora. *Acho que vou ficar em casa e ver televisão*, pensou Akiko. Faria seu jantar. Foi até a cozinha e abriu o armário. Não havia muitos mantimentos ali. *Vou sair para comprar comida*, decidiu Akiko. Havia um supermercado a apenas cinco quarteirões do prédio, o Mayfair.

O supermercado Mayfair estava apinhado. Akiko pegou um carrinho e andou entre os corredores, tentando decidir o que faria para o jantar. *Acho*

que vai ser um sukiyaki de galinha, pensou ela. Escolheu talharim, legumes, molho de soja, foi ao balcão de carnes. O funcionário no outro lado mostrou-se bastante polido:

— O que deseja?

— Gostaria de pedaços de galinha para fritar.

— A galinha está ótima hoje.

Ele escolheu um peito e mostrou a Akiko.

— Está ótimo. Obrigada. Pode cortar para mim, por favor?

— Claro, moça.

Minutos depois, Akiko já apanhara tudo de que precisava e podia ir embora. Encaminhou-se para a saída e parou, o rosto franzido. Começara a chover. *Eu gostaria de ter trazido a capa,* pensou ela. *Ficarei encharcada. Mas também não posso permanecer aqui para sempre. É melhor partir logo de uma vez.*

Nesse momento, um rapaz atraente, que também saía do supermercado, lhe disse:

— Chove muito, não é?

— Infelizmente.

— Está de carro?

— Não.

Ele olhou para Akiko com um ar compadecido.

— É uma pena. — O rapaz ergueu o guarda-chuva. — Pelo menos estou de guarda-chuva. Mora aqui perto?

— A meia dúzia de quarteirões, naquela direção — respondeu Akiko, apontando.

— Mas isso é incrível! Também moro naquela direção. Permite que eu a ajude? O guarda-chuva dá para dois.

— É muita gentileza sua.

Ele sorriu.

— Ora, não é nada. O prazer será meu.

Saíram para a chuva e Akiko sentiu-se contente por contar com a proteção do guarda-chuva do estranho.

— Posso ajudá-la com as compras? — perguntou Alan Simpson.

— Não precisa, obrigada. Não está muito pesado.

Enquanto andavam pela rua, sob o aguaceiro, o estrangulador comentou:

— É uma coisa inevitável em Londres. Se você não gosta do tempo, espere só um pouco, que logo muda.

— Tem razão.

Akiko sorriu. Não percebeu que o estranho a estudava pelo canto dos olhos. Ele pensava: *Você vai morrer esta noite.*

E Akiko pensou: *É um rapaz muito simpático. Talvez eu o convide para tomar um café quando chegar em casa. Ele está se desviando de seu caminho para me ajudar.*

Chegaram ao final do quarteirão, atravessaram a rua. Ao passarem pelo local em que matara sua última vítima, Alan Simpson sorriu para si mesmo. Como aquela mulher gritaria se soubesse a verdade! Pois ela saberia muito em breve. Mais à frente, havia um trecho da rua mergulhado na escuridão, os lampiões quebrados por garotos travessos. Aconteceria ali.

No meio do quarteirão, Alan Simpson ficou para trás de Akiko por um instante, e ela sentiu uma súbita e dolorosa pontada nas costas. Deixou cair a bolsa com as compras.

— Mas o quê...?

Alan Simpson estava tirando uma corda do bolso.

— O que você...?

Antes de poder falar mais alguma coisa, Akiko sentiu a corda envolver-lhe o pescoço. O homem sorria enquanto apertava a corda. Akiko tentou gritar por socorro, mas não conseguiu emitir qualquer som. A corda apertava cada vez mais, e Akiko começou a perder os sentidos. *Vou morrer*, pensou ela. *Vou morrer.*

Capítulo 5

Uma luz forte brilhava em seus olhos, podia ouvir ruídos altos ao redor, e ela pensou: *Morri e estou em algum lugar estranho*. Quase teve medo de abrir os olhos.

— Ela está viva! — exclamou uma voz.

Akiko tomou coragem para abrir os olhos. Estava caída na calçada, sob a chuva. Alguém ajeitara um casaco por baixo de sua cabeça. Havia uma dúzia de homens de pé ao seu redor. Todos pareciam falar ao mesmo tempo. Akiko fez um esforço para sentar.

— O que... o que aconteceu? — balbuciou ela.

De repente, Akiko se lembrou. Quase podia sentir a corda apertando-lhe o pescoço e ver o sorriso do homem. Tentara gritar... e depois tudo escurecera.

Um jovem bonito ajudou Akiko a se levantar.

— Você está bem? — perguntou ele.

— Eu... não sei.

A voz de Akiko saiu trêmula.

— Meu nome é Sekio Takagi. Sou da Scotland Yard.

Akiko olhou ao redor, apreensiva.

— Onde está o homem que tentou me matar?

— Infelizmente, ele conseguiu escapar. Teve muita sorte. Um táxi por acaso desceu a rua no momento em que o homem tentava matá-la. Ao ver o que acontecia, o motorista parou o táxi. O homem entrou em pânico e fugiu. O motorista ligou para a polícia, e aqui estamos nós.

Akiko respirou fundo.

— Pensei que ia morrer.

— E quase morreu — disse Sekio.

Ele avaliou a mulher. Era jovem e linda. Especulou se seria casada.

Akiko também estudava o sargento Takagi e pensou: *Um rapaz muito bonito e parece fino e preocupado.* Especulou se ele seria casado.

Sekio estava ansioso por interrogá-la para obter uma descrição do assassino. Mas percebeu que a moça se encontrava à beira da histeria e decidiu que podia esperar até a manhã seguinte. Só então a interrogaria.

Sekio olhou ao redor, a fim de verificar se o assassino deixara alguma pista, em sua pressa de escapar. Nada. Viu as compras que haviam caído da bolsa e se espalhavam pelo chão. Sekio franziu o rosto.

— Estas compras são suas?

Akiko ficou surpresa com a pergunta.

— São sim.

Sekio se lembrou do tomate que encontrara no local do último crime e seu rosto iluminou-se subitamente.

— Onde fez as compras? — indagou ele.

Akiko ficou ainda mais perplexa.

— Onde fiz as compras?

— Isso mesmo. Em que mercado?

— No supermercado Mayfair. Não entendo o que isso...

— Não é importante — mentiu Sekio.

Tinha certeza de que encontrara sua primeira pista. Seria muito simples para o assassino esperar as mulheres à saída de um supermercado, oferecer-se para ajudá-las com os embrulhos e depois matá-las. Sekio concluiu que agora seria mais fácil descobrir o assassino.

Só que não disse nada a Akiko, ao detetive Blake ou a qualquer dos outros. Um dos homens recolheu as compras do chão.

— Qual é o seu nome? — perguntou Sekio.

— Akiko... Akiko Kanomori.

Sekio anotou o nome.

— E seu endereço?

Ela informou.

— Mandarei um dos meus homens acompanhá-la até em casa.

Akiko esperava que o próprio Sekio a levasse até em casa. Ficou desapontada.

Sekio tinha pressa em sair dali para ir ao supermercado Mayfair. Tinha certeza de que era o lugar de onde o assassino operava. Um senso de animação o dominava.

Ouviu o barulho de um carro parando, com uma freada brusca, e se virou. O carro estava cheio de repórteres, inclusive Billy Cash, com uma câmera nas mãos.

— O que aconteceu? — gritou Billy Cash. — Soubemos que houve um assassinato aqui.

— Não aconteceu nada — disse Sekio. — Trate de ir embora.

Mas Billy Cash olhou para Akiko e viu as marcas em sua garganta.

— Foi você que ele atacou. O estrangulador tentou matá-la, não é mesmo? É a primeira mulher que conseguiu escapar viva.

Ele levantou a câmera, tirou uma foto de Akiko. O sargento Sekio Takagi ficou furioso.

— Já chega! Não quero que publique essa foto. Pode expor ao perigo a vida desta moça. Está me entendendo?

— Claro. — Billy Cash virou-se para Akiko. — Qual é o seu nome?

— Não é da sua conta! — gritou Sekio. — E agora saia daqui!

Ele observou Billy Cash e os outros repórteres se afastarem, com evidente relutância.

— Lamento o que aconteceu — disse Sekio a Akiko. — Ele pode se tornar uma ameaça.

Ela sorriu.

— Então são duas ameaças que sofri esta noite.

Sekio acenou com a cabeça para um dos seus homens.

— Pode fazer o favor de levar a Srta. Kanomori até sua casa e cuidar para que ela chegue lá sã e salva?

— Claro, senhor.

Sekio tornou a fitar a linda jovem.

— Vai ficar bem?

— Estou um pouco abalada, mas não precisa se preocupar. — Akiko estremeceu. — Nunca mais irei àquele supermercado.

Sekio pensou: *Mas outras mulheres irão, e o assassino também; e quando isso acontecer, vamos prendê-lo.* Observou Akiko entrar num carro da polícia. Ela inclinou a cabeça pela janela e disse:

— Obrigada. Boa noite.

O sargento Sekio Takagi foi primeiro a chegar em seu escritório, onde pegou uma foto de Nancy Collins, a última vítima do estrangulador. Depois, foi até o supermercado Mayfair.

O supermercado encontrava-se apinhado quando Sekio chegou. Funcionava vinte e quatro horas. As mulheres que não podiam fazer suas compras durante o dia iam até lá à noite. Um funcionário aproximou-se de Sekio.

— Deseja alguma coisa?

— Eu gostaria de falar com o gerente, por favor.

Poucos minutos depois, o gerente apareceu.

— Em que posso ajudá-lo?

Sekio mostrou sua identificação da polícia e tirou do bolso a foto de Nancy Collins.

— Gostaria de saber se alguém pode me dizer se esta mulher fez compras aqui. Ela não poderia ser uma freguesa regular?

O gerente deu de ombros.

— Milhares de pessoas fazem compras aqui, senhor, e duvido que alguém seja capaz de reconhecê-la.

— Importa-se de perguntar? Talvez alguém se lembre dela.

— Está bem. Vamos verificar.

Circularam pelo imenso supermercado, mostrando a foto aos funcionários por trás dos balcões.

— Não, não a vi.

— Fico ocupado demais para olhar os rostos das freguesas.

— Nunca a vi antes.

— Não é aquela mulher que foi assassinada?

— Não, não me lembro... Ei, espere um pouco! Mas é claro! Eu a servi na outra noite!

O sargento Sekio Takagi reuniu-se com o inspetor West, na Scotland Yard.

— O funcionário identificou-a como uma freguesa do mesmo supermercado onde Akiko Kanomori fez suas compras.

— Não é uma prova das mais convincentes.

— Tenho certeza absoluta — insistiu Sekio, obstinado. — Aquele tomate no local onde Nancy Collins foi assassinada deve ter caído de sua bolsa de compras. O estrangulador pegou o resto e levou embora. Se o táxi não tivesse aparecido esta noite, estou certo de que não encontraríamos nenhuma compra na rua. Minha teoria é de que ele espera no supermercado Mayfair, com um guarda-chuva, escolhe uma mulher sem guarda-chuva e se oferece para ajudá-la a voltar para casa. No caminho, ele a mata. As marcas que descobrimos nas costas das vítimas podem ter sido feitas por uma ponta de guarda-chuva. É bem provável que o assassino as espete pelas costas, as mulheres largam as compras, ele tira uma corda do bolso, estrangula-as e desaparece.

O inspetor West ficou em silêncio por um momento, estudando o jovem subordinado.

— É uma teoria interessante — disse ele. — O que quer que façamos agora?

— Eu gostaria que pusesse meia dúzia de homens à minha disposição. Só vou precisar deles nas noites de chuva. Ficarão à espreita no supermercado, disfarçados como funcionários. Ficaremos atentos a qualquer homem de guarda-chuva que se ofereça para ajudar mulheres na saída do supermercado.

O inspetor West suspirou.

— É uma manobra arriscada, mas creio que

é a única coisa com que contamos até agora. Muito bem, farei o que me pede. Porei os homens à sua disposição.

Sekio sorriu.

— Obrigado, senhor.

— Quando pretende começar?

— Esta noite.

Os policiais espalharam-se pelo supermercado, usando aventais, procurando dar a impressão de que eram apenas funcionários. Sekio lhes dissera:

— Fiquem muito atentos. Estamos procurando por um homem que entra aqui e finge fazer compras. Tudo indica que ele não compra nada. E a única coisa que posso dizer a seu respeito é que usa um guarda-chuva. Espreita as mulheres que deixam o supermercado com compras mas sem guarda-chuva. É assim que ele faz contato com suas vítimas. Quando elas saem, ele se oferece para acompanhá-las até em casa. Quero que fiquem vigiando a saída. Assim que perceberem alguém que faça o que acabei de descrever, entraremos em ação. Entendido?

Todos acenaram com a cabeça em concordância. Estavam no supermercado fazia quatro horas. Continuava a chover, mas não havia qualquer sinal do homem que procuravam. O detetive Blake disse:

— Ele quase foi preso esta noite. É bem provável que não volte.

— Não concordo — disse Sekio. — Esta noite foi a primeira vez que ele fracassou. Deve estar furioso. Vai querer voltar e escolher outra vítima. Não imagina que estamos à sua espera.

— Espero que esteja certo. Gostaria de acabar logo com isso.

— Eu também.

Sekio pensava na adorável Akiko. *Fico contente pelo fato de o estrangulador não ter conseguido matá-la. E também porque ela se encontra segura agora. Depois que passar o choque, irei procurá-la para obter uma descrição do assassino.*

Em seu apartamento, Akiko Kanomori trancou todas as portas e janelas, com o maior cuidado. Ainda se sentia bastante abalada pela coisa terrível que lhe acontecera. O detetive dissera:

— Está tudo bem, Srta. Kanomori? Gostaria que eu permanecesse aqui por algum tempo?

— Obrigada, mas não precisa se preocupar mais.

Akiko não sentia mais fome. Apenas medo. Muito medo. *Pelo menos o estrangulador não sabe quem eu sou*, pensou ela. *Não há a menor possibilidade de ele me encontrar.*

Na redação do *London Chronicle*, Billy Cash conversava com seu editor.

— Tirei uma foto da mulher — disse ele. — Podemos publicá-la na primeira página da edição de amanhã.

— Sensacional! Será um grande furo. Ela é a única que conseguiu escapar com vida do estrangulador. Descobriu seu nome e endereço?

— Não. Aquele detetive estava lá e me impediu de interrogá-la. Mas não tem importância. Alguém irá identificá-la.

Na manhã seguinte, Akiko acordou abruptamente, o coração disparado. Tivera um pesadelo. Sonhara que um homem tentava matá-la com uma corda comprida e quente. Logo compreendeu que não fora um sonho, que acontecera de fato. Quase morrera.

Ela estremeceu. *Tenho de superar isso*, pensou. *Não posso continuar a viver com medo. De qualquer maneira, tenho certeza de que vão prender o homem. O jovem policial parecia muito competente.*

Akiko saiu da cama e vestiu-se. Ficou surpresa ao descobrir que sentia muita fome. *Portanto, a iminência da morte abre o apetite.* Ela decidiu ir ao pequeno restaurante na esquina e tomar o café da manhã ali.

Ao deixar o prédio, encontrou a Sra. Goodman, que lhe disse.

— Bom dia, Akiko. Gostou da visita de ontem à Torre de Londres?

Akiko fitou-a, aturdida. Só depois de um instante é que lhe ocorreu: *Claro, ela não sabe que o estrangulador tentou me matar. Ninguém sabe. É por isso que estou segura. Ele nunca será capaz de me descobrir.*

Akiko encaminhou-se para o restaurante na

esquina. Havia uma banca de jornal na frente. Akiko parou de repente, em choque. Na primeira página do jornal havia uma enorme fotografia sua, com a manchete:

TESTEMUNHA MISTERIOSA VIVA!

VÍTIMA ESCAPA DO ESTRANGULADOR

Capítulo 6

Akiko Kanomori entrou em pânico. Ficou olhando para sua foto no jornal, incrédula. Agora o estranho saberia quem ela era e viria liquidá-la! Sentia-se nua, como se fosse observada por todas as pessoas que passavam pela rua.

Não queria mais comer nada. Virou-se, voltou correndo para o apartamento. Trancou todas as portas e janelas, sentou no sofá, tremendo. *O que vou fazer agora?*

Na Scotland Yard, o sargento Sekio Takagi viu o jornal. E também ficou chocado.

Aquele repórter, Billy Cash! Sekio seria capaz de matá-lo com a maior satisfação. Deliberadamente, ele pusera em perigo a vida de Akiko Kanomori. O telefone tocou.

— O inspetor West quer falar com você agora.

O inspetor West estava furioso. Tinha o jornal em cima da mesa. Levantou os olhos quando Sekio entrou na sala.

— O que significa isto? — indagou ele. —

Como a foto de sua testemunha pôde sair no jornal?

— Sinto muito. É difícil controlar a imprensa, inspetor.

— Eles sabem o nome dela?

— Não, senhor. Não têm a menor ideia de quem é ou onde mora.

— Pois mantenha assim — resmungou o inspetor West. — Ela é a nossa única pista concreta para o assassino. — Uma pausa, e ele acrescentou, sarcástico: — Isso e o seu tomate.

O rosto de Sekio tornou-se vermelho.

— Certo, senhor.

— É melhor ir procurá-la. Se ela viu o jornal, deve estar em pânico.

— Irei agora mesmo, senhor.

Cinco minutos depois, Sekio estava a caminho do apartamento de Akiko.

Quando ouviu a campainha da porta, Akiko teve medo de atender. *Será o assassino do outro lado da porta, com uma corda nas mãos?* A campainha tocou de novo. Akiko foi até a porta.

— Quem é?

— Sou o sargento Takagi.

Ela reconheceu a voz e sentiu uma súbita sensação de alívio. Destrancou e abriu a porta. Sekio percebeu o pânico estampado em seu rosto.

— Posso entrar?

— Claro.

Ele entrou no apartamento, olhou ao redor. Era um lindo apartamento, limpo e arrumado. O tipo de apartamento que Sekio imaginava para uma moça assim.

— Sente-se, por favor.

— Vi o jornal — disse Sekio. — Peço desculpas.

— Não foi culpa sua.

— De certa forma foi, sim. Eu gostaria de ter mandado deter aquele repórter.

— Estou com muito medo. Acho que agora o estrangulador vai me descobrir e virá me matar.

— Por favor, não se apavore. Em primeiro lugar, ele não sabe seu nome, nem onde mora. E tenho uma boa notícia: creio que já sabemos como capturá-lo.

— É mesmo?

— Descobrimos como ele escolhe suas vítimas. Lembra-se do supermercado Mayfair, onde fez suas compras?

— Claro.

— Ele a encontrou ali, não é mesmo?

Akiko franziu o rosto.

— Foi, sim. Estava chovendo, ele tinha um guarda-chuva e se ofereceu para me acompanhar até em casa.

— É assim que ele age. Quando chove, vai ao supermercado e seleciona uma mulher que esteja sem guarda-chuva, oferece-se para acompanhá-la até sua casa e a estrangula.

Akiko estremeceu.

— Foi horrível.

— Mas vamos prendê-lo — prometeu Sekio.

— Quando isso acontecer, poderá identificá-lo?

Akiko acenou com a cabeça.

— Claro. Posso até fazer uma cabeça dele.

Sekio piscou, surpreso.

— Como?

— Posso fazer o rosto dele em argila. Sou escultora.

Sekio mal podia acreditar em sua sorte.

— Pode mesmo?

— Claro. É o meu trabalho. Venha conhecer meu ateliê.

Akiko levou-o à sala ao lado. Sekio admirou as lindas esculturas. Algumas estátuas eram em tamanho natural, outras, bustos de homens e mulheres.

— São maravilhosas! — exclamou ele.

Akiko corou.

— Obrigada.

Sekio virou-se para ela:

— Pode fazer uma cabeça do estrangulador?

— Posso. Nunca esquecerei o rosto dele.

— Quanto tempo levaria?

— Não mais que um ou dois dias.

— Seria ótimo, uma grande ajuda para nós. Fotografaremos a cabeça e mandaremos para todos os jornais. Assim, todos saberão como é o assassino. Ele não terá como se esconder.

Akiko percebeu a agitação na voz do sargento.

— Terei o maior prazer em ajudar. Quero que ele seja preso o mais depressa possível.

Sekio observava-a, e pensou: *Ela é muito bonita.* Mais uma vez, especulou se seria casada.

— Você tem... isto é, alguém mora em sua companhia?

— Não. Moro sozinha.

Ele sentiu-se feliz ao ouvir isso.

— Se quiser, posso destacar um policial para ficar aqui, protegendo-a, até prendermos o assassino.

Akiko pensou a respeito. Não lhe agradava a

perspectiva de uma pessoa estranha passando o tempo todo no apartamento.

— Disse que não corro um perigo real, que ele não sabe quem sou, nem onde moro?

— Isso mesmo.

— Neste caso, acho que não preciso de proteção.

Sekio acenou com a cabeça.

— Como achar melhor. Se não se importar, passarei por aqui de vez em quando, para informá-la sobre o que está acontecendo.

— Eu agradeceria.

Ambos sorriam um para o outro. Sekio nunca se sentira tão atraído por uma mulher.

— Bom, acho que está na hora de eu ir embora — murmurou ele, embaraçado. — Vou deixá-la trabalhar.

— Começarei imediatamente — prometeu Akiko.

Ela trancou a porta depois que o sargento saiu. *Quando tudo isso acabar*, pensou desolada, *é bem provável que nunca mais torne a vê-lo.*

Ao deixar o apartamento, Sekio disse ao detetive Blake:

— Ela não quer ninguém em sua companhia, mas acho que precisa de alguma proteção. Avise o guarda da ronda para ficar atento ao apartamento, em particular nas noites de chuva.

— Acha que vamos pegar o estrangulador?

— Tenho certeza — garantiu Sekio. — Mas quero capturá-lo antes que ele mate mais alguém.

Especialmente Akiko, pensou ele.

Esculpir a cabeça do estrangulador revelou-se mais difícil do que Akiko previra. O problema não era o fato de não conseguir se lembrar do rosto dele. O problema era que se lembrava bem demais.

Ao começar a moldar a argila com as feições do estrangulador, reviveu todo o pesadelo. Podia recordar cada palavra do encontro.

— Chove muito, não é?

— Infelizmente.

— Está de carro?

— Não.

— É uma pena. Pelo menos estou de guarda-chuva. Mora aqui perto?

— A meia dúzia de quarteirões...

Ela estremeceu, pensando a respeito. Por pouco não fora assassinada. Queria que o estrangulador fosse preso, e faria o possível para ajudar na captura. Tratou de se concentrar no trabalho.

Sekio Takagi estava na sala do inspetor West.

— Quer dizer que a testemunha é pintora?

— Escultora. Faz estátuas.

— E ela pode esculpir uma cabeça do estrangulador?

— Pode. Está trabalhando nisso agora.

— Sabe que ela se encontra numa posição muito perigosa, não é mesmo? É a única que pode identificá-lo. Se ele descobrir quem ela é, iria até lá para matá-la. Devemos dar-lhe proteção policial.

— Já ofereci, mas ela não quer — explicou Sekio. — Pretendo mandar alguém dar uma olhada de vez em quando, para se certificar de que ela está bem. Assim que ela acabar de esculpir a cabeça, sugerirei que deixe a cidade, passe algum tempo fora, até encontrarmos o estrangulador.

— É uma boa ideia.

— A previsão do tempo é de chuva para esta noite — acrescentou Sekio. — Ele pode atacar de novo. Eu gostaria de voltar a pôr os homens de vigia no supermercado Mayfair.

O inspetor West acenou com a cabeça.

— Prenda-o!

Alan Simpson também vira o retrato de Akiko na primeira página do *London Chronicle*. A foto era bastante nítida. Dava para ver até as marcas da corda em seu pescoço, onde ele apertara, estrangulando-a... até que aparecera aquele estúpido motorista de táxi, obrigando-o a fugir. Fora o seu primeiro fracasso.

Não podia permitir que aquela mulher continuasse viva para testemunhar contra ele. *O jornal não deu seu nome e endereço, mas descobrirei de alguma forma*, pensou Alan Simpson. *Assim que encontrá-la, terminarei o que comecei.*

Ele sentia-se frustrado e furioso com a mulher por ter escapado. *Mas ainda vou pegá-la*, prometeu a si mesmo. Agora, porém, precisava de outra vítima. A previsão do tempo era de chuva. *Ótimo. Voltarei ao supermercado Mayfair e encontrarei outra mulher esta noite.*

O sargento Sekio Takagi correu os olhos pelo supermercado para verificar se todos os seus homens se encontravam nos postos designados. Alguns trabalhavam por trás dos balcões. Outros fingiam ser fregueses, circulando pelos corredores, tentando dar a impressão de que faziam compras.

Chovia bastante. Um homem alto e magro entrou no supermercado. Carregava um guarda-chuva. Começou a circular, examinando as mercadorias nas prateleiras. Os nervos de Sekio ficaram tensos. *Seria o estrangulador?* Ele fez sinal aos policiais para que ficassem de olho no homem.

Alan Simpson olhou ao redor, à procura de sua próxima vítima. Havia muitas mulheres no supermercado fazendo compras para seus maridos e companheiros. *Uma delas não vai chegar em casa*, pensou Alan Simpson. *Qual será?*

Ele sentia-se como Deus ao escolher sua vítima, decidindo quem viveria, quem morreria. Era um sentimento maravilhoso. Uma gorda, sem guarda-chuva, de cinquenta e poucos anos, comprava doces no balcão da pastelaria.

Ela já comeu o suficiente, pensou Alan Simpson. *É a escolhida.* Ele se encaminhou para a saída. Sekio o observava atentamente agora, preparado para detê-lo. A gorda pagou os doces, foi para a porta do supermercado. Parou ali, olhando para a chuva.

— Mas que coisa horrível! — disse ela, em voz alta. — Não trouxe meu guarda-chuva!

Alan Simpson sorriu. Abriu a boca para dizer "Deixe-me ajudá-la", e foi nesse momento que notou que um dos funcionários por trás de um balcão o observava. Correu os olhos ao redor e percebeu que outros homens o observavam. *São da polícia!*, pensou ele. *É uma armadilha!* Havia policiais por toda a parte, só que não tinham como saber quem ele era. A mulher acrescentou:

— Vejo que tem um guarda-chuva. Moro a apenas um quarteirão daqui. Será que podia...

— Lamento muito — disse Alan Simpson —, mas vou me encontrar com minha esposa. Boa noite.

Ele virou-se e deixou o supermercado. Sekio

Takagi ficou desapontado. Por um momento, chegara a pensar que descobrira o assassino, mas era evidente que se tratava do homem errado. Ele fez sinal para que os detetives relaxassem.

Lá fora, na rua, o coração de Alan Simpson batia acelerado. *A polícia descobrira sobre o Mayfair. E quase o pegara.* Mas não deixaria que isso acontecesse outra vez. Claro que continuaria a matar... só que escolheria outro supermercado.

Enquanto isso, preciso descobrir o nome da testemunha que pode me identificar. Ela deve morrer.

Capítulo 7

O sargento Sekio Takagi teve outra reunião com o inspetor West.

Sua teoria não funcionou — comentou o inspetor. — O estrangulador não foi ao supermercado Mayfair ontem à noite. Todos os detetives desperdiçaram seu tempo ali.

Sekio se mostrou insistente.

— Se me der mais tempo, inspetor, tenho certeza de que ele acabará aparecendo naquele supermercado.

— Como sabe que ele também não escolhe vítimas em outros supermercados?

— Em primeiro lugar, todas as mortes ocorreram naquela área. Segundo, sabemos que ele encontrou duas de suas vítimas no Mayfair. Lembra que disse que os assassinos de série seguem um padrão? Pois esse é o padrão de nosso homem.

O inspetor West pensou a respeito por um momento.

— Muito bem, eu lhe darei mais três dias. Mas se não houver qualquer progresso até lá, terei de tirá-lo do caso.

Sekio não queria sair do caso, e um dos motivos era seu desejo de proteger Akiko. Não conseguira deixar de pensar nela.

Já conhecera muitas mulheres bonitas, e algumas se sentiram atraídas por ele, queriam até casar. Mas Sekio nunca se apaixonara por nenhuma. E sabia que nunca se casaria, a menos que estivesse profundamente apaixonado. A única pessoa por quem já experimentara uma forte atração era Akiko. Queria conhecê-la melhor. Por isso, disse ao inspetor West:

— Eu compreendo, inspetor. Mas tenho certeza de que pegaremos o estrangulador bem depressa.

Akiko também não conseguira parar de pensar em Sekio. Não apenas porque ele era bonito — já conhecera inúmeros homens atraentes —, mas também porque era gentil. Era atencioso, preocupado, e parecia inteligente. Essas eram as qualidades que Akiko procurava num homem.

Queria acabar logo de esculpir a cabeça do estrangulador, não apenas para o seu próprio bem, mas porque sabia que isso ajudaria Sekio. E, por isso, ela permaneceu em seu ateliê, trabalhando com afinco.

Embora tivesse dificuldade para reconstituir as feições do monstro horrível que tentara matá-la, ela persistiu. Em sua mente, podia ver com clareza o rosto do assassino.

Pegou um pedaço grande de argila, pôs na bancada e começou a moldar as feições.

Primeiro, a testa e o nariz. Depois, moldou a argila nos olhos e boca do estrangulador. Recuou, avaliou o trabalho. *Não. Os olhos ficaram muito grandes e o nariz muito pequeno.* Ela alisou a argila nesses pontos e recomeçou.

Gostaria que a argila não parecesse viva cada vez que a tocava. Havia algo diabólico naquilo. Era como se o espírito do assassino estivesse na argila, tentando sair.

Akiko experimentava a sensação de que, ao acabar, o estrangulador saltaria em sua direção e a agarraria. Sabia que era um absurdo, mas por algum motivo não podia descartar o sentimento.

Não era supersticiosa, mas havia algo na argila que não podia explicar. Nunca experimentara nada assim antes.

Alguém bateu à porta. Akiko foi até lá, mas não a abriu.

— Quem é?

— Sou eu, Sra. Goodman.

Akiko abriu a porta para a vizinha. A Sra. Goodman fitou-a e disse:

— Graças a Deus que você está bem!

— Como?

— Vi sua foto no jornal e li que o estrangulador tentou matá-la. Oh, minha pobre criança! Eu não sabia. Deve ter sido horrível para você.

— E foi mesmo — admitiu Akiko. — Pensei que ia morrer.

— Como era o estrangulador?

Akiko pensou por um momento. Como podia descrever todo o mal que o homem irradiava? Como podia descrever o sorriso no rosto dele, enquanto tentava assassiná-la? Como podia descrever seu próprio terror?

— Ele era jovem.

— E feio?

Por dentro, pensou Akiko. *Era feio por dentro.*

— Não. Era até bonito. Se o visse andando pela rua, nunca poderia imaginar que era um estrangulador. Havia uma espécie de... quase que uma certa inocência nele.

A Sra. Goodman arregalou os olhos.

— Mas que coisa! Como o conheceu? Isto é... como ele a atacou?

— Fui fazer compras. Começou a chover, não tinha levado o guarda-chuva, ele estava de guarda-chuva e se prontificou a me acompanhar até em casa.

Enquanto falava, Akiko se perguntou se não estaria dizendo coisas demais, se o sargento Takagi gostaria que ela discutisse o caso com alguém. Mas a Sra. Goodman era uma amiga de confiança.

— Caminhamos para cá e passamos por uma rua escura. — Akiko estremeceu. — Ele me atingiu nas costas com a ponta do guarda-chuva e larguei as compras. Antes que eu pudesse perceber o que acontecia, ele passou uma corda em torno do meu pescoço.

O rosto da Sra. Goodman transmitia uma profunda compaixão.

— O que aconteceu em seguida?

— Isso é tudo de que lembro. Devo ter desmaiado. Soube depois que minha vida foi salva porque um táxi entrou na rua, o motorista viu o que acontecia, parou, e o estrangulador fugiu.

A Sra. Goodman fitou-a nos olhos.

— Tenho uma ideia. Por que não passa as próximas noites comigo? Tenho lugar de sobra no meu apartamento.

— É muita gentileza sua, mas não posso. Tenho um trabalho a fazer aqui.

— Não pode esperar?

Akiko pensou no sargento Takagi, esperando que ela concluísse a cabeça do estrangulador.

— Não, infelizmente não pode.

A Sra. Goodman suspirou.

— Se mudar de ideia, basta me avisar. Não quero que nada lhe aconteça.

Akiko sorriu. *Também não quero.*

— Não se preocupe. Nada vai me acontecer. *O sargento Takagi não deixará.*

Alan Simpson sentia-se furioso. Não podia acreditar que deixara a vítima escapar. *Se aquele táxi não tivesse aparecido...* Seja como for, não podia permitir que ela continuasse viva para identificá-lo. Precisava encontrá-la de alguma forma e matá-la.

Cem anos antes, em Londres, existira um criminoso famoso, conhecido como *Jack o Estripador*. Ele também aterrorizara a cidade, matando uma dúzia de mulheres. Nunca fora apanhado, e por causa disso se tornara imortal. As pessoas ainda falavam nele.

De algum modo estranho, Alan Simpson pensava em si mesmo como *Jack o Estripador*, um criminoso lendário, e estava convencido de que nunca seria apanhado. Algum dia, daqui a anos, morreria de velhice, sem que ninguém jamais soubesse quem ele era. E por mais um século as pessoas falariam sobre o misterioso estrangulador, que fora esperto demais para se deixar capturar pela polícia.

Enquanto caminhava pela rua, Alan Simpson sentia uma gota de chuva. *Graças a Deus, era a época de chuva em Londres.*

Precisava de outra vítima. Tinha de descarregar a raiva do organismo. Punir a mãe mais uma vez. Ainda podia recordar tudo com absoluta nitidez, ele parado na chuva, vendo a mãe beijar um estranho e a ira quase o sufocara.

Olhou ao redor. Teria de procurar outro supermercado. Agora que a polícia descobrira o Mayfair, não ousava voltar lá. Haveria muitos policiais vigilantes, à sua espera. *E tudo porque aquela desgraçada escapou!*

A chuva aumentou, e ele sentiu a animação crescer. Havia um supermercado a poucos quarteirões do lugar onde morava. Mas não queria procurar uma vítima ali, pois era o lugar onde costumava fazer suas compras, e poderiam reconhecê-lo.

Em vez disso, percorreu dez quarteirões na outra direção, até chegar a um supermercado menor. Entrou, olhou ao redor, com extrema atenção. Desta vez procurava por policiais que pudessem estar ali, esperando para fechar uma armadilha. Não havia ninguém suspeito. Um funcionário aproximou-se.

— Deseja alguma coisa?

Alan Simpson sentiu-se tentado a dizer: *Desejo, sim. Quer escolher uma mulher simpática que eu possa assassinar esta noite?* Mas é claro que ele não falou isso, mas sim:

— Obrigado, mas estou apenas dando uma olhada. Ainda não decidi o que quero para o jantar.

Era sempre divertido tentar adivinhar o que teria para o jantar. O que estivesse na bolsa de compras da vítima. Uma noite havia costeletas de cordeiro, que ele apreciava. Em outra, peixe, de que não gostava muito. Ficara contente por matar a mulher com o peixe. Uma lição bem merecida por comprar peixe.

Agora, ele observou as pessoas fazendo compras. Havia três homens e meia dúzia de mulheres, uma delas andando com um bengala. *Essa seria fácil demais*, pensou Alan. Outra mulher era acompanhada por duas crianças pequenas. Seus olhos continuaram a se deslocar, até avistarem o que procuravam.

Uma jovem que parecia um pouco com a mãe dele. *Perfeito!* Ela não tinha guarda-chuva. Estava no balcão de carnes, e Alan torceu para que comprasse alguma coisa que fosse do seu gosto.

Observou-a se encaminhar para a saída e tratou de segui-la. A jovem parou na porta, olhando para a chuva. Alan foi se postar ao seu lado.

— Chove muito, não é? — murmurou ele.

— E eu não trouxe o guarda-chuva.

— Tenho o meu. Mora aqui perto?

— A poucos quarteirões. Mas detestaria incomodá-lo.

— Para que lado você mora?

— Naquela direção — apontou a jovem.

Alan sorriu.

— Também moro naquela direção. Por que não vamos andando juntos?

— É muita gentileza sua.

— Ora, não será grande coisa.

Saíram para a rua.

— Posso ajudá-la com as compras? — perguntou Alan.

— Obrigada, mas não precisa. Não estão muito pesadas.

Nenhuma delas o deixara carregar suas compras.

— Mora aqui perto? — indagou a mulher.

— Moro — mentiu Alan.

— Não acha que é um ótimo bairro?

Ele acenou com a cabeça.

— É, sim. Gosto muito daqui.

Aproximavam-se de um trecho escuro da rua, e o coração de Alan começou a bater mais depressa. *Dentro de poucos minutos, descobrirei o que terei para jantar.* Sentia-se faminto. Matar alguém sempre o deixava com fome.

— Viramos na esquina — disse a mulher.

Viraram na esquina e foram seguindo por uma rua que era ainda mais escura do que as outras. Alan certificou-se de que não havia ninguém à vista. Desta vez não haveria nenhum táxi para interromper seu trabalho.

Ele esperou até alcançarem o meio do quarteirão, onde a escuridão era ainda maior. Retardou-se para golpear a mulher com a ponta do guarda-chuva.

— Olhe só! — disse ela de repente. — Parou de chover.

Alan estacou, surpreso. Levantou os olhos. Era verdade. A chuva cessara. Ele ficou imóvel, sem saber o que fazer. Viu-se parado na chuva, observando a mãe beijar um estranho. Podia sentir as gotas caírem em seu rosto, encharcarem o corpo. Agora, não havia mais chuva. A mulher o fitava.

— Está se sentindo mal?

Preciso da chuva, pensou Alan. *Não posso matar sem a chuva.*

— Está passando mal?

Alan forçou um sorriso.

— Não, estou bem.

Ele baixou o guarda-chuva, e continuaram a andar. Sentia-se frustrado e furioso. Poderia ter deixado a mulher de imediato, mas isso pareceria suspeito. Por isso, continuou a acompanhá-la até o prédio onde ela morava.

— Muito obrigada — disse a mulher.

— Não há de quê.

A mulher nunca saberia o quanto estivera próximo da morte naquela noite.

Capítulo 8

O sargento Sekio Takagi e seus homens permaneceram no supermercado Mayfair até cinco horas da manhã. Como o estrangulador ainda não tivesse aparecido, Sekio decidiu suspender a vigilância.

— Podem ir todos para casa. Ele não virá.

Sekio sentia-se desanimado. Tinha uma certeza quase absoluta de que estava na trilha do estrangulador. *Devo ter me enganado*, pensou. Não podia imaginar que o estrangulador percebera a presença da polícia e fugira.

Sekio foi para casa e mergulhou num sono de que muito precisava. Sonhou com Akiko. Estavam casados, moravam num lindo apartamento. Ele sorria ao acordar.

Fez a barba, tomou um banho de chuveiro e vestiu-se. Especulou se Akiko progredira bastante com a cabeça do estrangulador. Telefonou para ela, que reconheceu sua voz no mesmo instante.

— Aqui é o sargento Takagi.

— Eu já sabia.

Ele ficou satisfeito por saber que Akiko era capaz de reconhecer sua voz. Perguntou como ia a escultura.

— É mais difícil do que eu previa — respondeu Akiko.

Ela relutava em confessar o que estava lhe acontecendo. A cabeça do estrangulador parecia algo maligno. Cada vez que começava a trabalhar nela, dava a impressão de que adquiria vida. Quando fizera os olhos, pareciam fitá-la fixamente. Quando fizera os lábios, pareciam se contrair num sorriso sarcástico. Começara a moldar o rosto várias vezes, sempre experimentava uma sensação de medo e apagava tudo. Agora, ao telefone, disse apenas:

— Estou tendo alguma dificuldade.

— Lamento saber disso.

Sekio contava com ela para saber como era o rosto do estrangulador o mais depressa possível.

— Não se preocupe — disse Akiko. — Vou terminá-la de qualquer maneira, só que demorará um pouco mais do que imaginei. Talvez eu possa concluí-la amanhã.

— Está bem. Posso passar por aí amanhã, para ver como está a escultura?

— Claro.

Ao desligar, Akiko pensou: *Gosto muito dele. E me pergunto se tornarei a vê-lo algum dia, depois que tudo isso acabar.* Ela esperava que sim.

Voltou ao ateliê e parou ali, contemplando a massa de argila que seria transformada no rosto do estrangulador de Londres.

Começou a trabalhar. Mais uma vez, algo a fez hesitar. *Não conseguirei fazer, não agora*, pensou ela. *Tenho de sair de casa por algum tempo. Preciso respirar um pouco de ar fresco.*

Akiko perambulou pelas ruas de Londres, procurando não pensar no estrangulador. Foi até Picadilly Circus, onde ficavam todos os teatros. Imensos cartazes em néon brilhavam nos prédios, anunciando as diversas produções em exibição.

Era um lugar movimentado, e ela gostava de observar as multidões. Os teatros eram maravilhosos. Provavelmente os melhores do mundo. Akiko vira Lawrence Olivier se apresentando no palco, em *Hamlet*. Também vira John Giulguld e Maurice Evans.

Os britânicos são os melhores atores do mundo, pensou Akiko. Em diversas ocasiões, produtores haviam-lhe oferecido papéis em filmes ou peças de teatro. Mas Akiko recusara todas as propostas.

— Deveria aceitar — dissera o pai. — Atores ganham muito dinheiro.

— Não sou uma atriz, e sim uma escultora.

— Pode se tornar uma atriz.

— Não creio. Acho que uma mulher tem de nascer atriz.

— Isso é bobagem.

Mas Akiko acreditava sinceramente que uma pessoa tinha de nascer com talento, quer fosse para representar, escrever ou esculpir. Era uma dádiva de Deus. Sentia-se grata por ter seu talento. Adorava esculpir estátuas.

Há algum tempo que Akiko não visitava a galeria de arte que vendia suas obras. Decidiu ir até lá. O dono, Sr. Yohiro, ficou feliz em vê-la. Era baixo, magro, com movimentos pequenos e rápidos. Fazia Akiko pensar num passarinho.

— Estou contente que tenha vindo — disse ele. — Todo o seu trabalho vende muito bem, e há sempre pessoas pedindo por mais.

— Isso é ótimo.

— Estará preparada para fazer outra exposição, daqui a duas semanas?

— Claro — respondeu Akiko.

Ela não mencionou que vinha trabalhando na cabeça do estrangulador. O Sr. Yohiro esfregou as mãos em satisfação.

— Será maravilhoso! Meus clientes ficarão muito felizes. E não se esqueça de que precisa fazer a estátua de Vênus.

— Não esquecerei.

Preciso concluir logo a cabeça do estrangulador, pensou Akiko, *a fim de poder me dedicar a todas as outras coisas que quero fazer.*

O Sr. Yohiro convidou-a para almoçar.

Foram a um pequeno *pub* ali perto. Akiko gostava dos *pubs* de Londres. A comida era simples, mas saborosa, e todos se mostravam cordiais. Muitos *pubs* tinham tábuas de dardos, e de vez em quando ela jogava, pois descobrira que era muito boa nisso. Depois que pediram a comida, o Sr. Yohiro disse:

— Sinto o maior orgulho de você. Compreendi desde o início que era muito talentosa e que se tornaria um grande sucesso. E você não me desapontou.

— Obrigada. Adoro meu trabalho. Se não me cansasse, e precisasse dormir, acho que trabalharia noite e dia. — Akiko sorriu. — Pode parecer uma tolice, mas me sinto como Deus dando vida à argila.

Akiko, é claro, não tinha a menor ideia de que Alan Simpson sentia-se como Deus porque era capaz de levar a morte às pessoas.

— Sua exposição daqui a duas semanas terá um êxito ainda maior do que a anterior. Provavelmente vou perdê-la muito em breve para uma galeria maior.

— Nada disso — prometeu Akiko. — Foi você quem me ajudou no início e continuarei em sua galeria. Lealdade para mim é uma coisa muito importante.

— Não quero bisbilhotar sua vida pessoal, mas estou curioso. É uma moça bonita e sempre está sozinha quando a vejo. Não tem um namorado?

Akiko sacudiu a cabeça.

— Não. Já saí com vários homens, mas não encontrei nenhum por quem me interessasse realmente.

Mesmo enquanto falava, ela pensou: *à exceção do sargento Takagi. Gostaria de saber se ele tem uma namorada. Espero que não.* E acrescentou para o Sr. Yohiro:

— Quero casar um dia e ter filhos. Mas casar por casar é um erro. Acho que duas pessoas devem se apaixonar primeiro.

O Sr. Yohiro acenou com a cabeça.

— Concordo. Minha esposa e eu estamos casados há trinta anos e somos muito felizes.

Ficaram conversando sobre arte e diversos pintores que haviam exposto na galeria, mas ele não mencionou o estrangulador a Akiko. Ela compreendeu que o Sr. Yohiro não vira sua foto no jornal. Se tivesse visto, falaria a respeito com toda a certeza. Akiko decidiu que também não mencionaria o assunto.

Afinal, tudo acabaria muito em breve. Concluiria a escultura da cabeça do estrangulador, entregaria ao sargento Takagi, e o homem seria preso num instante.

— Gostaria de voltar à galeria? — perguntou o Sr. Yohiro.

— Não, obrigada. Preciso retornar ao trabalho.

Voltar à cabeça do estrangulador. Akiko não se sentia ansiosa por isso.

— Gostei de almoçar com você. Obrigado pela companhia.

— Eu também gostei. Voltaremos a nos ver em breve.

O Sr. Yohiro pagou a conta e saíram para a rua.

— Até breve.

— Até breve.

O Sr. Yohiro observou Akiko se afastar e pensou: *É uma moça adorável, e talentosa ainda por cima.*

Ao chegar à galeria, ele se lembrou subitamente de algo de que esquecera. Não lhe falara sobre o cartaz que mandara fazer para a exposição. Era um lindo cartaz, com uma foto de Akiko, dizendo:

AKIKO KANOMORI

EXPOSIÇÃO DE ARTE

12 A 17 DE NOVEMBRO

Vou colocá-lo na vitrine agora, decidiu o Sr. Yohiro, feliz. Foi até a sala dos fundos, pegou o cartaz e colocou-o na vitrine da galeria.

Cinco minutos depois, Alan Simpson passou por ali. Quase não viu o cartaz, mas no último segundo, quando já começava a se afastar, percebeu-o pelo canto dos olhos e parou.

Não podia acreditar em sua sorte. Ali, na sua frente, estava o retrato da testemunha desconhecida. A única pessoa no mundo que poderia identificá-lo para a polícia.

Alan Simpson sorriu. *Portanto, seu nome era Akiko Kanomori, uma artista. Uma artista morta.* Ele entrou na galeria. O Sr. Yohiro adiantou-se para cumprimentá-lo.

— O que deseja?

— Sou um repórter de jornal — mentiu Alan Simpson —, e um grande admirador da obra da Srta. Kanomori.

— Todos somos. Ela é uma artista extraordinária.

— Concordo. Meu jornal encarregou-me de entrevistá-la. Ela fará uma exposição aqui muito em breve, não é?

— Isso mesmo. Acabamos de pôr o cartaz na vitrine.

— Não vi. É até melhor assim, não acha? A entrevista ajudará a exposição. Uma boa publicidade. Se quiser me dar o endereço dela...

— Não sei se devo. A Srta. Kanomori é muito tímida. Não gosta de dar entrevistas.

— Esta só vai levar alguns minutos. E prometo que será bastante favorável.

O jovem era simpático, e o Sr. Yohiro cedeu.

— Está bem. Ela mora na Pont Street, 2.422.

— Obrigado. Terei o maior prazer em conhecê-la pessoalmente.

Alan Simpson lançou um último olhar para o Sr. Yohiro e pensou: *Receio que não terá a exposição, no final das contas. Sua artista vai morrer.*

Capítulo 9

Ele esperou diante do prédio, nas sombras, onde não poderia ser visto. Em algum lugar daquele prédio encontrava-se a mulher que ele mataria. Não podia imaginar por que a polícia ainda não tinha sua descrição. *Esperarei até esta noite*, pensou Alan Simpson, *e depois cuidarei dela*.

O inspetor West mandou chamar Sekio outra vez.

— Disse que a testemunha era escultora e ia fazer uma cabeça do estrangulador.

— Isso mesmo, senhor.

— E onde está? Por que ainda não a temos?

Sekio hesitou.

— Ela está trabalhando nisso, inspetor.

— Precisamos agora. Quero mandar uma foto para todos os policiais de Londres. Não podemos esperar até que ele torne a matar.

— Eu compreendo, senhor, mas...

— Diga a ela que queremos que termine ainda hoje. Está me entendendo?

— Sim, senhor.

— Não quero mais receber nenhum telefonema da rainha.

— Certo, senhor.

Sekio Takagi voltou para sua sala. O detetive Blake estava ali.

— O que o chefe queria?

— Quer que a cabeça do estrangulador seja concluída hoje. Mandou que a descrição do estrangulador seja divulgada o mais depressa possível.

— Por que ela está demorando tanto?

— Não sei — admitiu Sekio. — Vou telefonar para ela.

Akiko atendeu ao primeiro toque do telefone. De alguma forma, já sabia quem era.

— Srta. Kanomori? Aqui é o sargento Takagi.

— Eu sabia.

A voz era efusiva.

— Detesto pressioná-la, mas há alguma possibilidade de a escultura da cabeça do assassino ficar pronta ainda esta noite? O inspetor West está muito ansioso. Quer espalhar as fotos logo de uma vez.

Akiko escutou o pedido com um aperto no coração. Em circunstâncias normais, acabaria de moldar a cabeça até a noite com a maior facilidade. Mas se sentia assustada com a maldade misteriosa que parecia se irradiar da argila. Teve medo de falar a Sekio a respeito porque parecia uma tolice.

— Claro que sim. Posso terminá-la até esta noite.

— Isso é maravilhoso!

Ela pôde perceber a satisfação na voz de Sekio.

— Posso ir buscá-la esta noite. — Ele fez uma pausa, quase com medo de continuar, respirou fundo. — Talvez, para comemorar, pudéssemos jantar fora.

O coração de Akiko disparou de alegria.

— Seria ótimo.

Ela teve de fazer um esforço para não deixar transparecer como se sentia excitada pela perspectiva.

— Então está combinado. A que horas acha que ficará pronta?

Akiko olhou para a massa de argila na bancada de trabalho.

— Por volta das sete horas.

— Ótimo. Aparecerei aí a esta hora. Até lá.

— Até lá.

Ela desligou, exultante. Jantaria com o simpático sargento. Virou-se para a argila e sua expressão mudou.

Prometera aprontar a escultura, e agora teria de fazê-lo. Respirou fundo e se adiantou. *É apenas uma massa sólida de argila*, disse Akiko a si mesma. *Não há nada de diabólico nela.* Mas sentia medo de tocá-la.

Lentamente, começou a trabalhar. Moldou a argila num rosto, começou a detalhar as feições. Fez os olhos, de que se lembrava tão bem, o nariz, os lábios. Enquanto a cabeça assumia forma, o mal que se irradiava da argila parecia povoar a sala, deixando-a sufocada.

Estava no meio do trabalho quando não pôde mais suportar. Deixou o ateliê e correu para o apartamento da Sra. Goodman. O coração batia forte, sentia que poderia desfalecer a qualquer instante. Como poderia explicar que fugira de uma massa de argila? A Sra. Goodman abriu a porta.

— Olá, minha cara. Eu ia tomar um café neste momento. Não quer me acompanhar?

— Obrigada. Será um prazer.

Akiko acomodou-se na confortável cozinha da Sra. Goodman. Seu coração ainda batia forte. *O que há de errado comigo?*, especulou ela. Nada parecido jamais lhe acontecera antes.

A Sra. Goodman serviu o café. Estava delicioso. Akiko poderia passar o dia inteiro ali. *Detesto voltar ao ateliê, mas preciso terminar a escultura da cabeça. Prometi que ficaria pronta até as sete horas.*

— Tem certeza de que não gostaria de passar alguns dias aqui? — perguntou a Sra. Goodman.

Akiko sorriu. A Sra. Goodman era uma vizinha ótima.

— Não, obrigada. Não posso.

Ficaram sentadas ali, conversando, por uma hora. Ao se sentir mais relaxada, Akiko disse:

— É melhor eu voltar ao trabalho agora. Estou tentando terminar uma escultura.

— É só avisar se precisar de alguma coisa, minha querida.

— Obrigada.

Akiko voltou ao ateliê.

Alan Simpson foi fazer compras numa loja de departamentos. Um funcionário aproximou-se.

— Deseja alguma coisa, senhor?

— Preciso de uma corda.

Ele perdera sua corda em algum lugar e não conseguira encontrá-la. Era um mau presságio. Alan Simpson era muito supersticioso.

— De que tipo de corda gostaria? Isto é, para que precisa?

Para matar mulheres, seu idiota.

— Para amarrar coisas. Quero uma corda grossa e resistente.

Uma corda que se ajuste em torno do pescoço daquela mulher e a sufoque.

— Venha comigo, por favor, senhor.

Ele conduziu Alan Simpson a uma seção que oferecia os mais diversos tipos de cordas, de barbante a cordas bastante grossas. Alan Simpson escolheu uma corda bem resistente e deu-lhe um puxão.

— Esta serve — anunciou ele.

— Pois não, senhor. Custa quatro libras.

— Se não fez planos para esta noite — disse o detetive Blake —, minha namorada tem uma amiga muito bonita. Por que não saímos juntos para jantar?

Sekio sorriu.

— Não posso.

Nada no mundo poderia impedi-lo de jantar com Akiko. Não pensara em outra coisa durante o dia inteiro. Ela parecia bastante satisfeita quando ele telefonara. *Foi imaginação minha?*, especulou Sekio. *Ou ela ficou realmente contente de me ouvir?*

Precisava tomar cuidado para não precipitar as coisas. *Não quero assustá-la. Acho que já estou apaixonado por ela. Mas se lhe disser isso, ela pensará que sou louco e vai se afastar. Isso mesmo, preciso ser cauteloso.*

— Obrigado, mas estarei ocupado esta noite — acrescentou ele para o detetive Blake.

— Vai se arrepender. Minha namorada me disse que a amiga dela é uma beleza.

Sekio não tinha o menor interesse em conhecer outra mulher. Não agora. Já encontrara a mulher que queria. *Mas será que ela também me quer?*, pensou ele.

Em seu ateliê, Akiko trabalhava na escultura da cabeça do estrangulador. Já fizera a testa, o nariz e os olhos, e agora se ocupava com os lábios.

Sua concentração era tão intensa que teve um sobressalto quando o telefone tocou. Ele voltou a tocar. Ela foi atender.

— Alô?

Houve silêncio no outro lado da linha.

— Alô?

Ninguém respondeu. Akiko franziu o rosto. Tinha certeza que havia alguém na linha.

— Quem está aí?

Silêncio. Lentamente, ela repôs o fone no gancho. Percebeu que era difícil voltar ao trabalho. O telefonema deixara-a nervosa. Recomeçou a moldar os lábios, mas suas mãos tremiam.

— Pare com isso! — ordenou a si mesma.

Mas não foi capaz de se controlar. Todo o corpo tremia.

No outro lado da rua, Alan Simpson estava numa cabine telefônica, olhando para a janela iluminada e sorrindo. Ela parecera apavorada. Não chovia agora, mas o jornal dizia que a chuva viria naquela noite. E seria o momento em que atacaria.

Às sete horas, Sekio parou o carro diante do prédio onde Akiko morava. Vestia um terno cinza novo. Pensara em levar flores para ela, mas achara melhor não se precipitar. Seria mais uma visita oficial. Tocou a campainha do apartamento.

Ao ouvi-la, Akiko entrou em pânico. Olhou para o relógio. Eram sete horas da noite e só podia ser Sekio! Ela não sabia o que fazer. Não conseguira continuar o trabalho na estátua de tão tensa.

Mas só faltavam os lábios. *Já sei o que vou fazer*, pensou Akiko. *Sairemos para jantar primeiro, e quando voltarmos pedirei a ele para entrar e ficar comigo enquanto termino a cabeça. Só assim não terei medo.*

Ela passou do ateliê para a sala de estar e abriu a porta do apartamento. Sorriu para Sekio. Ele era tão bonito!

— Boa noite.

— Boa noite — disse Sekio. — Posso ver a escultura agora?

Akiko tocou em seu braço.

— Se não se importa, podemos sair para jantar primeiro? Ainda não a concluí. Terminarei depois do jantar e poderá levá-la — disse ela.

Sentiu vergonha de confessar que não acabara o trabalho porque ficara com medo. Mas com Sekio ao seu lado não teria medo.

— Não tem problema. Vamos jantar agora e voltaremos em seguida. Tenho certeza de que uma ou duas horas a mais não farão a menor diferença.

O inspetor West teria a cabeça do estrangulador até meia-noite. Sekio providenciaria para que fossem tiradas fotos e as espalharia por toda a cidade. Não restaria mais nenhum lugar para o estrangulador se esconder.

— Vou pegar minha bolsa.

Três minutos depois estavam no carro a caminho de um restaurante.

— Espero que goste do lugar que escolhi — disse Sekio. — É considerado um dos melhores restaurantes de Londres. Chama-se Harry's Bar.

O Harry's Bar era só para os sócios do clube. Mas o pai de Sekio era sócio, e conheciam o filho. Ele era sempre bem recebido ali.

Seguiram para o restaurante em silêncio. Akiko pensava na escultura que tinha de concluir, e Sekio pensava na linda mulher ao seu lado. Entraram no restaurante e foram sentar a uma mesa nos fundos.

— O cardápio é promissor — comentou Akiko.

Na verdade, ela não sentia a menor fome. Estava nervosa demais por causa do estrangulador e animada pela companhia de Sekio.

— Por que não escolhe a comida para nós dois? — sugeriu ela.

— Terei o maior prazer.

Sekio pediu coquetel de camarão para começar, depois escalopinho de vitela com macarrão, acompanhado por um vinho tinto. Resolvido esse problema, os dois começaram a conversar.

— Fale-me de sua vida — pediu Sekio.

Ela sorriu.

— Nasci em Quioto e estudei na universidade local. Meu pai tinha um negócio em Londres, e por isso nos mudamos para cá. Saí de casa porque meu pai e minha mãe viviam insistindo que eu deveria casar logo.

— E não quer casar?

— Claro que quero! — Akiko corou, e pensou: *Será que falei demais?* — Apenas estou esperando pelo homem certo. — Fitou Sekio nos olhos enquanto dizia isso.

Ele sorriu. Sentia uma felicidade imensa. Sabia que era o homem certo para Akiko. Enquanto comiam, conversaram sobre vários assuntos, e parecia que já se conheciam fazia muito tempo. Foi um jantar maravilhoso. Ele pediu torta de sobremesa.

— Não para mim — protestou Akiko. — Tenho de vigiar meu corpo.

— Pode deixar que eu o vigiarei — gracejou Sekio.

Os dois riram. Finalmente chegou a hora de ir embora. *Agora, terei de enfrentar aquela horrível cabeça,* pensou Akiko. *Com Sekio ao meu lado, porém, não sentirei medo.* Entraram no carro e seguiram para o apartamento de Akiko.

Uma hora antes, Alan Simpson, parado nas sombras, observou Akiko e Sekio partirem. Lembrou-se de ter visto Sekio no supermercado Mayfair. *Portanto, ele é mesmo da polícia,* pensou Alan Simpson. *Mas nunca vai me pegar.*

Ele esperou que o carro se afastasse e depois entrou no prédio. Arrombou a porta com uma faca. Akiko morava no apartamento 3B.

Alan Simpson subiu pela escada até o terceiro andar. Parou diante da porta do 3B, olhou para um lado e outro, a fim de se certificar de que ninguém o observava. Arrombou a porta com a faca e entrou no apartamento.

Percebeu logo que o apartamento se encontrava vazio. *Então é aqui que aquela desgraçada mora!* Alan Simpson atravessou a sala, deu uma olhada no quarto. Contemplou a cama e pensou: *Ela nunca mais dormirá aí.*

Foi até o ateliê e parou de repente, ao deparar com seu próprio rosto. Observou-o, incrédulo. *Então é isso o que ela vinha fazendo!* Esculpira sua cabeça para entregar à polícia. Verificou que ainda não estava pronta. No lugar dos lábios, havia um buraco.

Alan Simpson se adiantou, ergueu o punho e bateu com toda a força no topo da cabeça. A argila endurecida se espatifou e caiu no chão. *É isso o que vai acontecer com aquela mulher*, pensou. Tirou o pedaço de corda do bolso. Agora, tudo o que tinha a fazer era esperar pela volta de Akiko.

Capítulo 10

Sekio e Akiko eram duas pessoas muito felizes. Haviam terminado o jantar, mas nem se deram conta disso. Continuaram sentados, conversando e rindo, não faziam a menor ideia da passagem do tempo.

O restaurante encontrava-se apinhado, e outros casais esperavam por mesas. O garçom aproximou-se de Sekio.

— Deseja mais alguma coisa, senhor?

Akiko levantou os olhos e notou as pessoas à espera de mesas, lançando-lhes olhares irritados.

— Não, não queremos mais nada. Traga a conta, por favor. Acho que essas pessoas gostariam de sentar logo. É melhor nos retirarmos.

— Pois não, senhor.

Saíram para o ar fresco da noite. Sekio olhou para o céu e pensou: *Ainda bem que não está chovendo. Assim, o estrangulador não atacará esta noite.*

Nesse momento, no apartamento de Akiko, Alan se perguntava por que ela demorava tanto. *Ela*

já saiu há muito tempo, pensou ele. Sentia-se nervoso. Foi espiar pela janela, torcendo para que Akiko voltasse o mais depressa possível.

A previsão do tempo era de chuva, mas não havia o menor sinal de que choveria. *Os idiotas não sabem o que fazem*, pensou Alan. *Mas por que preciso de chuva para matar?* No fundo do coração, ele sabia por quê. Queria que tudo fosse exatamente como no dia em que descobrira a verdade a respeito da mãe. Precisava da chuva para lavar os pecados de suas vítimas.

Ora, com chuva ou sem chuva, Akiko Kanomori vai morrer, pensou Alan. Olhou para o relógio e torceu para que ela chegasse logo.

Akiko e Sekio voltavam para o apartamento. Dentro de poucos minutos, pensou Akiko, eu lhe darei a escultura da cabeça do estrangulador, ele irá embora, e provavelmente nunca mais tornarei a vê-lo. Tinha vontade de dizer: "Não quer me telefonar um dia desses?", mas não queria parecer avançada demais. Era muito tímida. Quase como se lesse seus pensamentos, Sekio disse:

— Depois que este caso for encerrado, Akiko, talvez possamos nos encontrar para jantar outra vez.

O coração de Akiko disparou em alegria.

— Eu ficaria muito satisfeita.

Sekio sorriu. Sabia que tudo daria certo. Queria a companhia daquela mulher pelo resto da vida. Primeiro, no entanto, tinha de capturar o estrangulador.

— Sempre quis ser um policial? — perguntou Akiko. Ele sorriu.

— Desde que tinha dez anos de idade. Houve um assassinato em nosso bairro e todos ficaram apavorados. Tínhamos medo de que o assassino voltasse para matar mais alguém. Os policiais foram muito gentis. Disseram-nos que não precisávamos nos preocupar, que pegariam o assassino, e estaríamos seguros. Compreendi naquele momento que queria ser um policial para ajudar as pessoas.

É espantoso!, pensou Akiko. *A história que ele acaba de contar é exatamente o que está acontecendo agora. Há um assassino ameaçando as pessoas, e Sekio vai providenciar para que tudo acabe bem.* Ela fitou-o e concluiu: *Ele não tem ideia do quanto é maravilhoso.*

Passaram por Kensington Gardens. Os jardins estavam deslumbrantes ao luar.

— Já ouviu falar de um escritor chamado J.M. Barrie? — perguntou Sekio.

— Não, não o conheço.

— Ele escreveu um livro extraordinário, chamado *Peter Pan*. É a história de um menino que não queria crescer e por isso permaneceu jovem para sempre. A mãe expulsou-o de casa e ele foi para a Terra do Nunca. É uma linda história.

— Parece mesmo maravilhosa.

Akiko pensou: *Sob certos aspectos, Sekio é como um menino, entusiasmado e feliz.*

Aproximavam-se de seu prédio. *Dentro de poucos minutos, terminarei a escultura e a darei a ele.* Mas agora não sentia medo, porque Sekio estaria ao seu lado enquanto trabalhava. A argila não mais a assustaria.

Estavam a dois quarteirões do prédio de Akiko quando depararam com o acidente. Um carro fora atingido por um caminhão, e os destroços espalhavam-se por toda a rua. Havia um homem caído na calçada, gemendo.

O rosto de Sekio se contraiu. Ele pegou o radiotransmissor do carro e avisou:

— Aqui é o carro dezessete. Houve um acidente na Pont Street, na altura do número 2.624. Mandem uma ambulância imediatamente, por favor.

Ele desligou e virou-se para Akiko.

— Vou deixá-la em casa e voltarei para cuidar disto. Estarei em seu apartamento dentro de alguns minutos.

— Não tem problema.

Akiko torceu para que o homem caído na calçada ficasse bom. Sekio acelerou o carro e parou na frente do prédio dela.

— Voltarei o mais depressa possível, assim que puder.

— Não se preocupe. Já terei terminado a escultura quando chegar — avisou Akiko.

Ela ficou parada na calçada observando o carro se afastar. Depois entrou no prédio.

O homem na calçada não sofrera ferimentos graves. Sekio abaixou-se e verificou seu pulso.

— Você está bem? — perguntou ele.

— Acho que só um pouco machucado.

— Sente algum membro quebrado?

O homem apalpou os braços e as pernas.

— Parece que não. Devo ter sido lançado para fora do carro quando o caminhão me atingiu.

— Pode se mexer?

— Posso.

O homem levantou-se. Sekio examinou-o atentamente. Parecia bastante abalado, mas sem ferimentos graves.

— Uma ambulância chegará em poucos minutos e o levará para o hospital.

— Não preciso de hospital. Estou bem. — O homem olhou para o carro. — Minha mulher vai me matar. É o carro dela.

Um carro da polícia chegou ao local do acidente. Dois guardas saltaram.

— Alguém ferido? — perguntou um deles.

— Acho que não — respondeu Sekio. — Por que não anota os detalhes do acidente?

Ele estava ansioso por ir ao apartamento de Akiko, pegar a escultura da cabeça do estrangulador e levar para o inspetor West.

— Claro.

Sekio entrou no carro e partiu para o apartamento de Akiko. *Espero que ela já tenha acabado o trabalho*, pensou.

Akiko entrou no apartamento, cantarolando. A conversa com Sekio a deixara na maior felicidade. Reinava o silêncio no apartamento. Sekio chegaria em poucos minutos. *Tudo o que preci-*

so fazer agora é concluir os lábios da escultura e depois esquecer essa história, pensou ela.

Foi até o ateliê e parou na porta, aturdida. A cabeça estava caída no chão, espatifada em uma dúzia de fragmentos.

Seu primeiro pensamento foi o de que a cabeça adquirira vida e destruíra a si mesma. Antes que pudesse pensar em qualquer outra coisa, foi agarrada por trás e sentiu uma faca encostada na nuca.

— Não grite — disse Alan — ou vou matá-la agora mesmo.

Akiko ficou paralisada pelo medo.

— Por favor, não me machuque — balbuciou ela.

Ele empurrou-a para dentro do ateliê.

— Quer dizer que ia mostrar isso à polícia, hein?

Ela não sabia o que dizer.

— Não... eu...

— Não minta para mim!

Akiko virou-se para fitá-lo. Era como se estivesse contemplando sua escultura. O homem parecia exatamente como o recordara.

Ela escapara uma vez antes, mas agora se encontrava à mercê do assassino. *Preciso ganhar tempo*, pensou Akiko. *Sekio voltará a qualquer momento e me salvará.*

Ficou surpresa ao perceber que o estrangulador não tinha uma corda nas mãos. E se perguntou qual seria o seu plano. Tencionava matá-la com a faca? Até agora, ele só matara suas vítimas por estrangulamento.

— O policial vai voltar? — perguntou Alan.

Akiko hesitou. Não sabia se era melhor responder sim ou não.

— Não.

— É melhor me dizer a verdade.

— O que vai fazer comigo?

Alan não decidira o que fazer com Akiko. Iria matá-la. Mas não sabia se seria capaz de fazê-lo se não estivesse chovendo... chovendo como no dia em que surpreendera a mãe beijando um estranho.

Terei de tirá-la daqui. Vou levá-la para meu apartamento e mantê-la presa lá até que chova. E só então a matarei!

Nesse momento soou uma batida à porta. Alan levantou os olhos, aturdido.

— Quem pode ser? — sussurrou ele.

— Eu... não sei.

— Mentirosa! — Alan tinha o rosto vermelho de raiva. — Ele voltou, não é? Pois vou matar os dois! — Comprimiu a faca contra a nuca de Akiko.

— Não, por favor! — suplicou Akiko. — Não o mate!

Ela sentiu um medo terrível de que o estrangulador pudesse matar Sekio. Estava mais preocupada com ele do que consigo mesma.

Alan ficou imóvel, a mente funcionando a mil. Tinha de se livrar do policial.

— Ele veio buscar a estátua que fez de mim, não é?

— É, sim.

— Por que não lhe deu antes?

— Ainda não tinha terminado.

Akiko tinha a esperança de que, se dissesse a verdade àquele louco, ele deixaria Sekio ir embora ileso.

— Muito bem, vai fazer exatamente o que eu mandar — disse Alan. — Quero que diga a ele que ainda não acabou a estátua e que só ficará pronta pela manhã. Entendeu? — perguntou, nervoso.

Comprimiu a faca contra a nuca de Akiko, que pôde sentir um filete de sangue.

— Entendeu?

— Entendi.

— Abra a porta só um pouco. Se fizer um só movimento em falso, esta faca entrará em seu pescoço.

Houve uma nova batida à porta.

— Mexa-se! — sussurrou Alan.

Ele se manteve por trás de Akiko, uma das mãos segurando-a pelo ombro, a outra comprimindo a faca contra a nuca. Conduziu-a até a porta. Ouviram a voz de Sekio do outro lado:

— Você está aí, Akiko?

Ela sentia a boca tão ressequida pelo medo que achou que não conseguiria falar.

— Responda! — sussurrou Alan.

— Ahn... estou, sim.

— Abra um pouco a porta! — ordenou Alan.

Akiko respirou fundo e entreabriu a porta. Podia sentir a faca na pele. O estrangulador escondia-se por trás da porta, e Sekio não podia vê-lo. Achou Akiko pálida demais.

— Você está bem? Aconteceu alguma coisa?

Akiko sentiu vontade de gritar, avisar a Sekio que o estrangulador comprimia uma faca contra sua nuca. Queria dizer a Sekio que fugisse para salvar-se.

— Claro que estou bem — balbuciou ela.

— Posso entrar?

Akiko abriu a boca e sentiu a faca pressionando sua nuca ainda mais.

— Por favor, perdoe-me, mas quando cheguei em casa senti um súbito cansaço e não pude terminar a estátua.

Sekio ficou desapontado.

— Entendo. Eu esperava que...

— Ficará pronta pela manhã. Eu lhe telefonarei assim que acabar.

Havia uma expressão estranha em seu rosto. A preocupação de Sekio aumentou.

— Não está passando mal, não é? Gostaria que eu entrasse e...

Akiko sentiu de novo a pressão da faca.

— Não! Estou realmente exausta. Tenho certeza de que me sentirei melhor pela manhã — avisou.

Tinha de mentir, mas o fazia para salvar a vida de Sekio. Se ele entrasse no apartamento, o estrangulador o mataria.

Sekio murmurou, relutante:

— Muito bem, irei embora agora. Mas voltarei pela manhã.

— É melhor assim.

Ele fitou-a em silêncio por um longo momento, depois virou-se e afastou-se. Alan empurrou a porta. Akiko se encontrava a sós com o estrangulador.

Capítulo 11

Sekio não conseguiu dormir naquela noite. Ficara transtornado pelo comportamento de Akiko. Ela se mostrara cordial e efusiva durante toda a noite. E de repente tudo mudara quando ele voltara ao apartamento.

Em vez de convidá-lo a entrar, Akiko o mandara embora. Prometera concluir a escultura da cabeça do estrangulador ainda naquela noite e depois o despachara, alegando sentir-se cansada.

Sekio tentou reconstituir como ela se comportara durante a noite e não pôde se lembrar de nenhum momento em que demonstrasse cansaço. Ao contrário, Akiko se mantivera alegre e animada. Era desconcertante.

E o pior, ficara numa situação difícil com o inspetor West.

— Eu esperava a escultura da cabeça do estrangulador ontem à noite. Onde está?

Sekio engoliu em seco, muito nervoso. Não queria criar problemas para Akiko.

— Lamento, senhor, mas houve um pequeno atraso. Eu lhe trarei a cabeça ainda esta manhã.

— É melhor mesmo — disse o inspetor West. — Não se esqueça de que você será afastado se o caso não for resolvido em dois dias.

— Tenho certeza que será resolvido.

Tudo o que tinha de fazer era pegar a escultura com Akiko, fotografá-la e distribuir as cópias. O estrangulador seria identificado por alguém, com toda a certeza. Sekio foi para sua sala.

Eram dez horas da manhã. Akiko já deveria ter aprontado a escultura da cabeça, àquela altura. Ele telefonou para o apartamento. Ninguém atendeu. *Ela deve ter saído por alguns minutos*, pensou Sekio.

Ligou de novo, meia hora depois, e mais uma vez às onze horas. Ninguém atendeu. Por que ela não ficara em casa, trabalhando na escultura da cabeça do estrangulador? E se a concluíra, por que não telefonara para avisá-lo? Teve o pressentimento de que havia algo errado. *É melhor dar um pulo ao apartamento*. Chamou o detetive Blake para acompanhá-lo.

Akiko estava em pânico. Sabia que ia morrer e mais do que nunca queria viver. Quando Sekio fora embora, na noite anterior, o estrangulador esperara para ter certeza de que o detetive não ficara à espreita e depois forçara Akiko, sob a ameaça da faca, a ir para seu carro.

Obrigara-a a se encolher no chão, para que ninguém a visse. Já era de madrugada quando chegaram ao pequeno apartamento dele em Whitechapel.

Estava cheio de jornais, com reportagens sobre as vítimas do estrangulador. *Ele é louco*, pensou Akiko. *Preciso encontrar um jeito de escapar.* Mas o homem não lhe deu a menor chance. Pôs uma cadeira no armário e obrigou-a a sentar ali.

— Sente.

— Por favor, eu...

Ele a esbofeteou.

— Faça o que estou mandando!

O estrangulador continuava com a faca na mão. Akiko sentou. Ele a amarrou, as cordas apertando sua carne.

— Está me machucando — protestou ela.

Ele tornou a esbofeteá-la.

— Eu disse para ficar calada!

Depois de se convencer de que Akiko não poderia fugir, ele fechou a porta do armário e deixou-a lá dentro, no escuro. Ligou o rádio para ouvir a previsão do tempo. Finalmente ouviu o que esperava:

— ... haverá oitenta por cento de probabilidade de chuva esta noite. As outras notícias...

Alan desligou o rádio. Queria acabar com aquilo o mais depressa possível. Era perigoso manter a mulher em seu apartamento. Teria de matá-la naquela noite. Sairia com ela para a chuva, procuraria uma rua escura e a estrangularia. Imaginou como aquele detetive se sentiria ao ver o cadáver de Akiko caído na sarjeta.

Sekio bateu à porta do apartamento de Akiko. Não houve resposta. Era meio-dia.

— Talvez ela tenha saído para almoçar — sugeriu o detetive Blake.

Sekio franziu o rosto.

— Não creio. Ela sabe o quanto preciso da escultura. Se já tivesse acabado, teria me telefonado. E se ainda não terminou, não creio que fosse sair para almoçar. — Ele se sentia cada vez mais perplexo. — Vamos verificar se os vizinhos sabem para onde ela foi.

Desceram para o andar de baixo. Sekio bateu à porta da Sra. Goodman.

— Desculpe incomodá-la. Sou o sargento Takagi. Estou procurando pela Srta. Kanomori.

— Não a vi esta manhã — informou a Sra. Goodman. — Ela costuma vir aqui para tomar um café, mas creio que se encontra ocupada, trabalhando em alguma coisa.

— Não a ouviu sair?

— Não, e de qualquer maneira não a teria ouvido. — A Sra. Goodman teve uma ideia. — Sei aonde ela pode ter ido.

— Aonde?

— Ela expõe numa galeria perto daqui. Talvez tenha ido até lá.

A Sra. Goodman deu o endereço da galeria a Sekio e ao detetive Blake.

— Muito obrigado pela informação.

Cinco minutos depois, os dois estavam na galeria. Sekio viu o retrato de Akiko na vitrine e ficou atordoado. *Se o assassino visse isto*, pensou ele, *saberia quem ela é*. O Sr. Yohiro cumprimentou-os na porta.

— Em que posso ajudá-los?

— Sou amigo da Srta. Kanomori — disse Sekio. — Gostaria de saber se ela está aqui.

O Sr. Yohiro sacudiu a cabeça.

— Não. Ela passou por aqui ontem. Almoçamos juntos e conversamos sobre a exposição dela aqui. Vai ser um grande sucesso.

— Mas não a viu hoje?

— Não.

— Há quanto tempo esta foto encontra-se na vitrine? — perguntou Sekio.

— Desde ontem.

Sekio sentiu um frio no coração. O estrangulador podia tê-la visto.

— Sr. Yohiro, alguém entrou aqui fazendo perguntas sobre a foto?

— Não. — Ele pensou por um momento. — Isto é, houve uma pessoa.

— Quem?

— Era um repórter. Queria entrevistar Akiko. Pediu o endereço dela.

— E informou-o?

— Claro. Ele era muito simpático e a publicidade será boa para a exposição.

Sekio e o detetive Blake trocaram um olhar.

— Esse repórter apresentou suas credenciais? — indagou Sekio.

— Não. Aceitei a palavra dele.

Sekio virou-se para o detetive Blake:

— Vamos embora!

Akiko estava sentada no escuro, amarrada na cadeira. Fez um esforço para se livrar das cordas; quanto mais se debatia, no entanto, mais apertadas se tornavam. Os pulsos já sangravam. A porta foi aberta e Alan disse:

— Tenho de sair por algum tempo. Vou dar um jeito para que não faça qualquer barulho durante minha ausência.

Tinha um lenço grande na mão. Meteu-o na boca de Akiko e amarrou atrás da cabeça, para que ela não pudesse gritar.

— Isso vai mantê-la quieta.

Akiko tentou falar, suplicar, mas as palavras não saíram. Ele sorriu.

— Voltarei em breve.

A porta foi fechada e Akiko ficou outra vez no escuro. *Não vou deixar que esse maníaco me mate*, pensou ela. *Sekio, onde você está? Venha me salvar!* Mas ela sabia que não havia a menor possibilidade. Sekio sequer tinha conhecimento de seu desaparecimento, e mesmo que descobris-se, não poderia saber para onde ela fora levada.

Se quero viver, concluiu Akiko, *tenho de me salvar sozinha. Mas como?* Tinha as mãos e os pés amarrados na cadeira, e a porta do armário fora fechada. *Não posso simplesmente ficar sentada aqui*, decidiu ela. *Tenho de fazer alguma coisa.*

Começou a se movimentar para a frente e para trás, fazendo a cadeira balançar. Sentia uma dor intensa, por causa das cordas apertadas, mas estava determinada a escapar. Continuou a balançar a cadeira até que caiu contra a porta fechada do armário, abrindo-a.

Ficou caída no chão, amarrada na cadeira, respirando com dificuldade. Correu os olhos pelo apartamento. Estava vazio. O estrangulador saíra. Conseguira sair do armário, mas sua situação não era muito melhor do que antes.

Precisava encontrar um meio de se livrar das cordas. Havia uma mesa de vidro no outro lado do apartamento. Usando os pés, Akiko arrastou-se pelo chão até a mesa, puxando a cadeira. Tinha as mãos amarradas nas costas.

Ao chegar à mesa, estendeu a corda contra a beira afiada do vidro e começou a erguer e baixar as mãos. O vidro também cortava seus pulsos e podia sentir o sangue quente escorrer.

Tinha uma pressa desesperada, com receio de que o estrangulador pudesse voltar a qualquer momento. Finalmente soltou uma das mãos, depois a outra. Desamarrou as pernas e levantou-se. Tremia toda.

Respirou fundo. *Estou livre*, pensou. Encaminhou-se para a porta do apartamento. Nesse instante a porta se abriu, e ela deparou com o estrangulador, que lhe perguntou:

— Vai a algum lugar?

Sekio e o detetive Blake estavam no corredor, diante da porta do apartamento de Akiko. Sekio examinou a fechadura.

— Há alguns arranhões, o que indica que alguém arrombou a porta.

Ele tirou uma gazua do bolso.

— O que vai fazer? — perguntou o detetive Blake.

— Vamos entrar.

— Não podemos. Não temos um mandado judicial. Teremos de ir à chefatura para pedir.

— Não há tempo.

Sekio recordou a maneira estranha como Akiko se comportara na noite anterior. Parecia evidente que o estrangulador se encontrava ao seu lado. Ele abriu a porta com a gazua e os dois entraram no apartamento.

Tudo parecia normal. Não havia sinal de luta em parte alguma. Sekio deu uma olhada no quarto. A cama não fora desfeita.

— Ela não passou a noite aqui — comentou ele.

Foram para o ateliê. Sekio parou na porta, aturdido. A cabeça do estrangulador estava no chão, fragmentada em vários pedaços. O detetive Blake também se mostrava espantado.

— Por que ela faria isso?

— Não foi ela — disse Sekio.

— Então quem foi?

— O estrangulador.

Sekio teve certeza de que o estrangulador estava no apartamento quando ali voltara, depois de cuidar do acidente. *Que idiota eu fui!*, pensou ele. *Deveria ter percebido que havia algo errado*. Akiko ainda estaria viva? E foi então que Sekio se lembrou de uma coisa. Não chovera na noite anterior, e o estrangulador só matava na chuva.

Ele pegou o telefone e discou.

— Para quem está ligando? — perguntou o detetive Blake.

— Para o Serviço de Meteorologia.

Uma voz gravada informou pelo telefone:

— A previsão para esta noite é de oitenta por cento de possibilidade de chuva. Haverá ventos soprando de nordeste...

Sekio desligou. Ia chover naquela noite. Se não a encontrasse antes, Akiko morreria.

Sekio foi até os pedaços de argila espalhados pelo chão. Estudou-os por um momento, antes de pedir:

— Veja se há alguma sacola no apartamento.
— Uma sacola?
— Isso mesmo. Vamos levar os fragmentos da cabeça de argila para a Scotland Yard.

Akiko foi levada de volta ao armário. Mas desta vez Alan usou uma corda mais grossa, amarrando-a na cadeira tão apertada que ela teve vontade de gritar. Só que não podia por causa da mordaça.

— Foi uma garota impertinente, e por isso terá de ser castigada — disse Alan.

Levantou a corda que usaria para estrangulá-la.

— Lembra qual foi a sensação disto em torno de seu pescoço? Pois saiba que vai sentir de novo. Mas desta vez não acontecerá nada para nos interromper. E nem precisa se dar ao trabalho de tentar escapar. Não vou mais deixá-la sozinha no apartamento.

Na Scotland Yard, três peritos ocuparam-se em montar os fragmentos da cabeça de argila.

— Ele não fez um bom trabalho ao destruí-la — comentou um dos peritos. — Os fragmentos não se estilhaçaram e a reconstituição será fácil.

Havia alguma rachaduras quando terminaram de montá-la, mas era uma boa semelhança.

— E agora? — indagou o detetive Blake.

— Pegue uma câmera e tire uma foto. Quero que faça uma centena de cópias o mais depressa possível.

— Certo.

O próprio Sekio levou a primeira cópia à galeria do Sr. Yohiro.

— Este é o repórter que esteve aqui ontem?

— É, sim.

Sekio olhou para o relógio. Eram cinco horas da tarde. Restava-lhe pouco tempo antes que escurecesse, começasse a chover... e então Akiko morreria.

Capítulo 12

Akiko sabia que ia morrer. Continuava sentada no armário escuro, amordaçada e amarrada, incapaz de se mexer. Sequer podia tentar escapar porque o estrangulador permanecia no cômodo ao lado.

O que ele está esperando?, especulou Akiko. Ficaria ainda mais apavorada se soubesse que ele esperava a chuva cair.

E faltava pouco tempo para isso.

A maior caçada humana em Londres fora desencadeada. Sekio mandara fazer uma centena de cópias da cabeça do estrangulador e guardas e detetives circulavam pelas ruas de Whitechapel, mostrando a foto aos moradores, na esperança de que alguém pudesse identificá-lo.

Sekio tivera uma reunião com o inspetor West, que lhe perguntara:

— Não acha que devemos mostrar essa foto por toda Londres? O que o faz ter tanta certeza de que vamos encontrá-lo em Whitechapel?

— Todas as vítimas foram assassinadas ali — dissera Sekio, obstinado. — Estou absolutamente convencido de que ele as seleciona nos supermercados do bairro.

Ele queria logo encerrar a reunião, a fim de poder participar também da busca em Whitechapel. Sabia que Akiko estava em poder do estrangulador e não poderia suportar se acontecesse alguma coisa a ela.

— Muito bem — dissera o inspetor West —, eu lhe darei todos os homens de que precisa. Descubra-o antes que ele torne a matar.

E assim começara a caçada humana.

Sekio dividiu o bairro em seções, e cada homem foi encarregado de investigar uma área diferente. Um detetive entrou numa loja de departamentos e mostrou a foto do assassino ao gerente.

— Estamos procurando por este homem — disse o detetive. — Já o viu alguma vez?

O gerente examinou a foto e balançou a cabeça.

— Não.

— Importa-se que eu mostre a foto a seus funcionários?

— Claro que não.

Nenhum deles pôde identificar o homem.

Os policiais entraram em farmácias, barbearias, mercearias e lojas de ferragens. Ninguém jamais vira o homem da foto. O detetive Blake comentou com Sekio:

— A situação não é nada boa, sargento. Não descobrimos nenhuma pista. Talvez o inspetor West tenha razão. O homem mora em outro bairro, e só vem aqui para pegar suas vítimas.

— Não acredito nessa possibilidade — insistiu Sekio. — Tenho um forte pressentimento de que ele vive mesmo por aqui, em algum lugar.

Sekio olhou para o céu, foi até uma cabine telefônica e discou.

— Para quem está ligando?

— Para o Serviço de Meteorologia.

Uma voz gravada disse pelo telefone:

— ... e os ventos sopram de nordeste, com uma velocidade de quinze quilômetros por hora. Uma área de alta pressão aproxima-se pela costa e espera-se uma chuva intensa. A temperatura é...

Sekio desligou.

— Vai chover — anunciou ele ao detetive Blake. — Diga aos homens para se apressar.

Em seu apartamento, o estrangulador olhava pela janela, estudando o céu. Nuvens escuras acumulavam-se. *Daqui a pouco*, pensou ele, feliz. *A chuva não deve demorar.*

Pensou na mulher trancada no armário — e sorriu. Muito em breve ela estaria morta.

Foi Sekio quem encontrou alguém que pôde identificar Alan Simpson. O vendedor da mercearia onde o estrangulador fazia suas compras disse:

— Claro que o conheço. Ele vem sempre aqui.

Sekio sentiu o coração disparar.

— Sabe seu nome?

— Não, mas sei que ele mora aqui por perto.

— Como pode saber?

— Um dia ele comprou muitas coisas e perguntei se precisava de ajuda para carregá-las até a casa dele. Respondeu que não, que morava aqui perto.

Dois minutos depois, Sekio anunciou pelo transmissor da polícia:

— Mande que todos os homens no caso se desloquem imediatamente para esta área. — Ele deu o endereço. — Quero que verifiquem todos os prédios de apartamentos num raio de quatro quilômetros. E depressa!

Os policiais foram de porta em porta, mostrando a foto aos moradores.

— Já viu este homem antes?

— Não. Quem é ele?

— Já viu este homem antes?

— Parece muito com meu falecido marido.

— Seu falecido marido?

— Isso mesmo. Ele morreu há dez anos...

— Já viu este homem antes?

— Não. Por que quer saber?

E, de repente, um golpe de sorte.

— Já viu este homem antes?

— Claro. Ele mora neste quarteirão.

Dois minutos depois, o próprio Sekio estava falando com a moradora.

— Disse ao guarda que sabia quem é este homem, madame?

— Não sei o seu nome, mas sempre passava por ele. Não o tenho visto ultimamente. Ele mora naquele prédio no outro lado da rua.

Sekio atravessou a rua e entrou no prédio indicado. O administrador indagou:

— O que deseja?

Sekio mostrou a foto do estrangulador.

— Conhece este homem?

— Conheço. É Alan Simpson, um dos inquilinos.

— Ele mora aqui?

— Morava. Despejei-o há algumas semanas.

Sekio ficou atordoado.

— O quê?

— Ele vinha agindo de uma maneira muito esquisita. Não gosto de inquilinos assim, e por isso lhe disse que fosse embora.

— Sabe para onde ele se mudou?

O administrador deu de ombros.

— Não. Um caminhão de mudança levou seus móveis e nunca mais o vi desde então.

Sekio pensou depressa.

— Um caminhão de mudança? Viu o nome da companhia?

— Não. Para dizer a verdade, eu não estava interessado. Por que o procura? Ele cometeu algum crime?

Os crimes mais terríveis que alguém poderia cometer, pensou Sekio.

Meia dúzia de policiais entraram em ação pelo telefone, ligando para todas as companhias de mudanças da área. Acertaram no alvo na sexta ligação.

— Levamos a mudança de um homem desse endereço há cerca de três semanas.

— Tem o endereço para onde foi a mudança? — perguntou Sekio.

— Claro.

Ele deu o endereço a Sekio.

Começou a chover. Alan Simpson estava pronto. Inclinou a cabeça pela janela e sentiu a chuva deliciosa no rosto. Agora podia fazer o que Deus queria que ele fizesse. Mandaria outra alma iníqua para o inferno.

Alan foi até o armário e abriu a porta. Akiko continuava na cadeira, fazendo um esforço para se livrar das cordas. Alan sorriu.

— Não precisa se debater mais. Vou soltá-la.

Por um instante, os olhos de Akiko se encheram de esperança. Depois ela percebeu a expressão do estrangulador e compreendeu que estava perdida. O homem era louco.

— Vou puni-la por tentar me entregar à polícia — acrescentou Alan. — É uma garota impertinente. Sabe disso, não?

Akiko tentou responder, mas a mordaça a impedia de falar qualquer coisa.

— É isso mesmo — continuou Alan. — E sabe o que fazemos com garotas impertinentes? Vai descobrir.

Ele foi para a cozinha, abriu as portas dos armários e encheu uma bolsa de compras com mercadorias das prateleiras. Tudo tinha de ser exatamente como ocorrera com as outras mulheres que matara. Akiko teria de carregar uma bolsa de compras ao morrer. A única diferença é que ele estaria com uma faca em sua garganta, para evitar que ela escapasse, e depois a estrangularia.

Alan terminou de encher a bolsa e foi pegar o guarda-chuva. *Tudo deve ser exatamente igual às outras vezes.*

— Tenho o endereço de onde ele mora — informou Sekio.

— E se ele não estiver no apartamento? — perguntou o detetive Blake.

Sekio já pensara nisso. Calculava que o estrangulador manteria Akiko como refém no apartamento. Se estivesse enganado, Akiko morreria.

— É a nossa única chance — disse ele. — Vamos embora!

Entraram no carro da polícia e Sekio ordenou ao motorista:

— Depressa!

O motorista virou a chave na ignição. A bateria pifara.

— Muito bem, vamos dar um pequeno passeio — disse Alan a Akiko.

Akiko sabia o que isso significava. Sacudiu a cabeça.

— Não tente resistir — murmurou Alan. — Não vai querer que eu corte essa linda garganta.

Ele comprimiu a faca contra a garganta de Akiko, que ficou imóvel.

— Assim é melhor. Agora, vou desamarrá-la. Continuará sentada até eu mandar que levante. Entendido?

Akiko não respondeu. O estrangulador tornou a comprimir a faca contra a garganta dela, que acenou com a cabeça.

— É assim que uma boa menina se comporta.

Alan usou a faca afiada para cortar as cordas. Em menos de um minuto, Akiko estava livre. Tentou se levantar mas sentiu uma vertigem. Levou a mão à testa e balbuciou:

— Acho que vou desmaiar.

— Se desmaiar, eu a matarei aqui mesmo.

Não queria matá-la no apartamento. Tinha de ser lá fora, a fim de que a chuva a purificasse.

— Vamos embora!

Alan pegou a bolsa com as compras e estendeu-a para os braços de Akiko.

— O que você...?

— Cale a boca e faça o que eu mandar! Fingiremos que fez essas compras num supermercado, descobriu que estava chovendo na hora de sair e não tinha um guarda-chuva. Entendeu?

Akiko balançou a cabeça, apavorada demais para falar.

— E foi então que me ofereci para acompanhá-la até em casa, sob a proteção do meu guarda-chuva — explicou ele.

Levou Akiko até a porta.

— Vamos sair agora. Se tentar gritar, cortarei sua garganta. Entendeu?

Akiko tentou falar, mas a garganta estava completamente ressequida. O apartamento de Alan ficava no segundo andar do prédio, e ele a segurou pelo braço, enquanto desciam a escada. A outra mão empunhava a faca.

Akiko rezou para que encontrassem alguém na escada. Alguém que pudesse ajudá-la. Mas não havia ninguém. Alcançaram a porta do prédio. Alan sorriu, ergueu o guarda-chuva.

— Está vendo como sou um cavalheiro? Vou acompanhá-la até em casa, com meu guarda-chuva a protegê-la.

Ele é completamente louco, pensou Akiko. *Que Deus me ajude!* Mas não havia ninguém para socorrê-la. A rua estava escura e deserta. Alan apertou-lhe o braço com mais força ainda e saíram para a chuva.

Ele experimentava uma agradável sensação. Toda a animação antiga ressurgia. Sentia-se como Deus. Dentro de poucos minutos, acabaria com outra vida humana. Era todo-poderoso. Sabia o quanto a polícia o procurava, mas ele era mais esperto.

Foram andando pela rua e ele avistou à frente um trecho na mais absoluta escuridão. Todos os lampiões por perto haviam sido quebrados. *Perfeito!*, pensou Alan.

Akiko tentou andar mais devagar, mas ele empurrou-a para a frente. Sentia-se ansioso pela emoção que tanto apreciava.

Para Akiko, era um pesadelo total. Revivia a cena terrível que acontecera poucas noites antes, quando ele a escoltara por outra rua escura e tentara estrangulá-la. Um acaso a salvara naquela ocasião, mas agora não haveria ninguém para ajudá-la.

A chuva tornava-se mais intensa agora. Ela sentiu o guarda-chuva sair de cima de sua cabeça, quando Alan se pôs um passo atrás. E depois sentiu uma cutucada nas costas, largou a bolsa com as compras. Um instante depois, uma corda envolveu-lhe o pescoço. Alan a fitou, sorrindo.

Nesse momento, meia dúzia de faróis iluminou a cena. Estavam cercados por carros da polícia, estacionados ao longo da rua. Alan virou a cabeça, surpreso.

— O quê...?

— Largue a corda e a faca! — ordenou Sekio. — Agora!

Alan olhou ao redor, atordoado. Podia divisar os vultos de meia dúzia de policiais avançando em sua direção. Como fora descoberto?

— Mandei largar a corda e a faca! — disse Sekio.

Iam tentar privá-lo de sua vítima. Mas ele não permitiria. Faria com que ela pagasse pelo que fizera. Era sua mãe e tinha de morrer. Alan ergueu a faca, e gritou:

— Morra!

Um tiro foi disparado nesse instante, e Alan caiu. Sekio baixou a arma e correu para Akiko.

— Você está bem?

Ela abraçou-o.

— Graças a Deus que você está aqui! — Akiko desatou a chorar.

Sekio abaixou-se, verificou o pulso de Alan.

Não havia mais qualquer pulsação. Ele virou-se para Akiko:

— Lamento não ter vindo mais cedo.

Quando o carro da polícia não pegara, Sekio fizera sinal para um carro que passava pela rua e mandara que o homem o levasse ao endereço de Alan. Usara o transmissor para ordenar que outros carros da polícia convergissem para o local. Determinara que estacionassem ao longo da rua e que todos ficassem quietos.

Sekio se encontrava no outro lado da rua quando Akiko e Alan deixaram o prédio e esperara até poder atirar no estrangulador sem a possibilidade de atingir Akiko. Agora, tudo acabara.

Na delegacia, Sekio foi tratado como um herói. O inspetor West e todos os outros policiais deram-lhe os parabéns por seu excelente desempenho.

— Eu gostaria que continuasse a trabalhar comigo — declarou o inspetor.

— Muito obrigado, senhor.

Ele era muito jovem para receber tamanha honra.

— Antes que eu me esqueça — acrescentou o inspetor West —, minha esposa e eu estamos oferecendo um pequeno jantar esta noite. Se estiver livre, eu gostaria que nos desse o prazer de sua companhia.

— É muita gentileza sua, senhor, mas já tenho um compromisso.

— Ahn... talvez em outra ocasião.

— Claro, senhor.

O compromisso de Sekio era com Akiko. Jantariam juntos naquela noite, e Sekio sabia, no fundo do coração, que isso continuaria a acontecer todas as noites, pelo resto de suas vidas.

Este livro foi composto na tipografia
Caslon 224 Bk BT, em corpo 11,5/18, e impresso
em papel off-set no Sistema Digital Instant
Duplex da Divisão Gráfica da Distribuidora Record.